高柳重信の一〇〇句を読む

俳句と生涯

澤　好摩

飯塚書店

昭和31年（33歳）

桂信子と重信（昭和55年頃）

重信と著者（昭和50年代前半頃）

竹生島にて（昭和 53 年 10 月）

箕面にて（左より坪内稔典、重信、久保純夫）（昭和 52 年）

銃はけるかにて持喪を殺す旅一つ

友よ戦は片腕すでに鬼となりぬ

重信

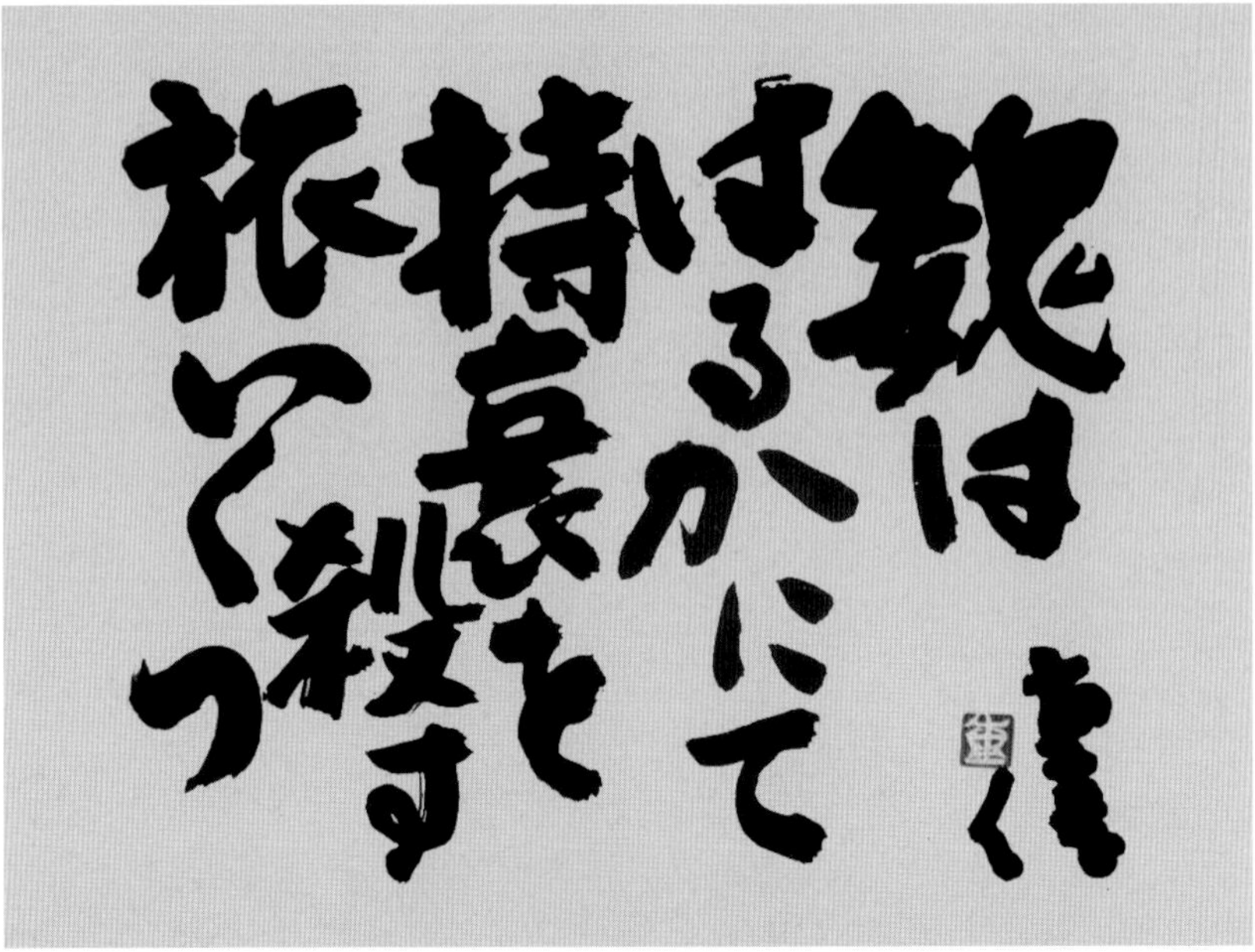

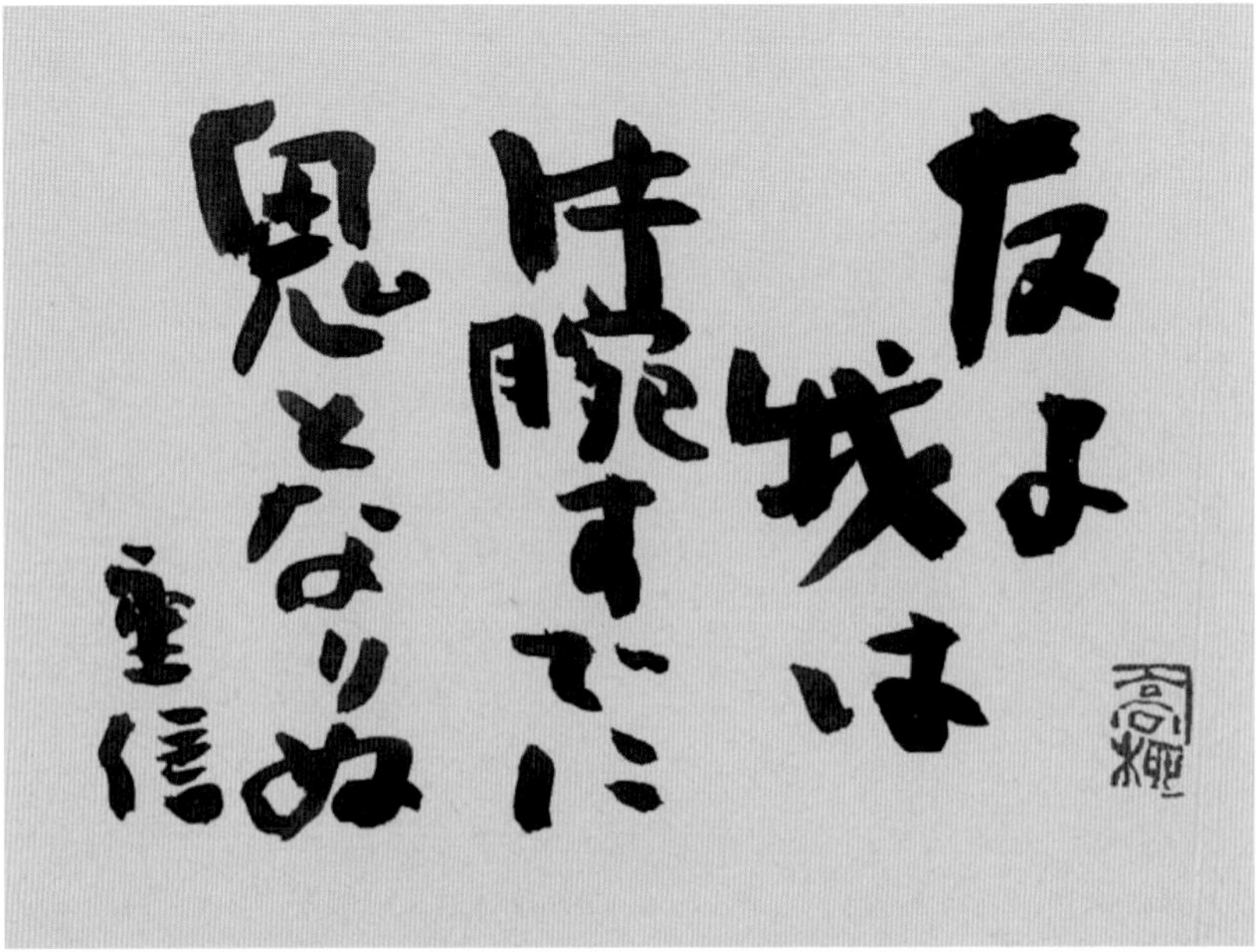

高柳重信の一〇〇句を読む

目次

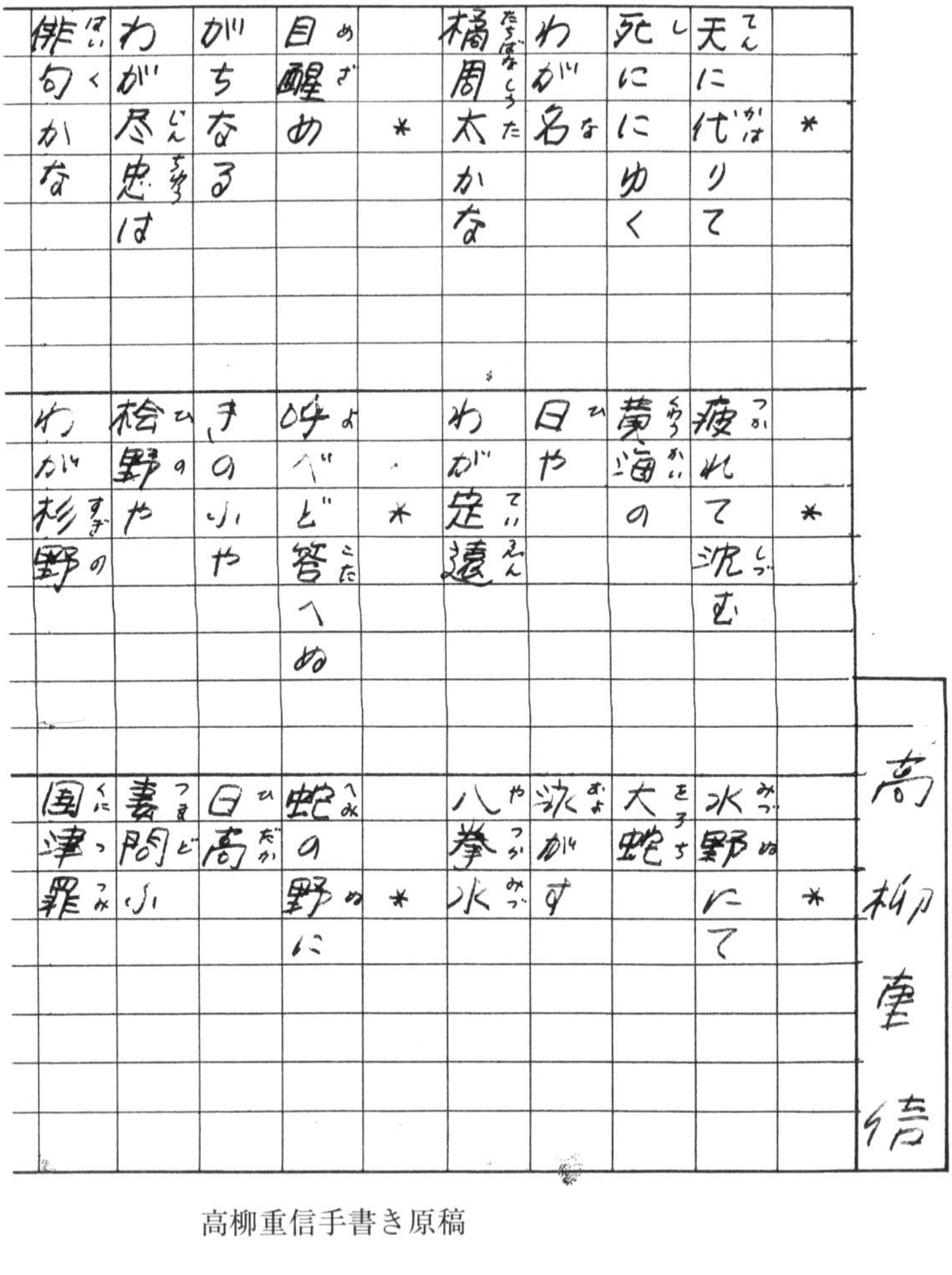

＊

天《てん》に
代《かは》りて
死《し》にに
ゆく
わが名《な》
橘周太《たちばなしうた》かな

＊

目《め》醒《ざ》め
がちなる
わが尽忠《じんちう》は
俳《はい》句《く》かな

＊

疲《つか》れて
沈《しづ》む
黄《くわう》海《かい》の
日《ひ》や
わが定《てい》遠《ゑん》

＊

呼《よ》べど答《こた》へぬ
きのふや
檜《ひ》野《の》や
わが杉《すぎ》野《の》

＊

水《みづ》野《ぬ》にて
大蛇《をろち》
泳《およ》がす
八《や》拳《つか》水《みづ》

＊

蛇《へみ》の野《ぬ》に
日《ひ》高《だか》
妻《つま》問《ど》ふ
国《くに》津《つ》罪《つみ》

高柳重信

高柳重信手書き原稿

高柳重信の一〇〇句を読む

金魚玉明日は歴史の試験かな

『前略十年』
昭和二十九年

高柳重信は、大正十二年「一月九日、東京都小石川区大塚仲町五十五番地に生まれる。父は高柳市良、母は芳野。たまたま、年若い父の入営の朝であった。したがって、祖父の信五郎、祖母の豊子の手で、もっぱら溺愛されながら育った（自筆年譜）」（岩片仁次編『重信表—私版高柳重信年表』・俳句評論社、昭和五十五年五月刊）。

昭和六年、重信八歳の時、この年、読方の時間に初めて俳句を作らされたという。その時の句は「桐の葉がぱさりと落ちる秋の朝」。この五年後から俳句が継続して書かれることになる。

『前略十年』（昭和二十九年刊）は高柳重信の初期作品集であり、昭和十一年から昭和二十三年まで、重信の十三歳から二十五歳までの間に書かれた一行書き作品を纏めたものである。『前略十年』は全部で五章に分けられている。

Ⅰは昭和十一～十五年、東京大塚仲町の生家から東京府立第九中学校（後の都立北園高校、板橋区板橋にある）に通った時代の作品を収める。Ⅱは昭和十五～十七年の早稲田大学時代。

Ⅲは昭和十七年～十九年、学友の多くは出征、卒業近くに病を得た頃（病は後に長く宿痾となる）。Ⅲは戦後の昭和二十～二十一年、東京大空襲により群馬県前橋市や剛志村に疎開していた当時のもの。そしてⅤは昭和二十一～二十三年、埼玉県戸田町（現戸田市）に移り、病床にありつつも、活発に作品や文章を書いていた時代である。

「この句集は、（中略）本来ならば、単に『前略』とのみ記して、作品は深く筐底に秘めておくべき態のもので」あったと『前略十年』の「あとがき」に記しているが、それが世に出たわけは、火曜印刷において「かなり以前に、なんのあてもなく買つておいた紙があつたが、それが時を経て次第に色褪せてきたので、始末に困つてしまい、急にこの句集を思い立つた」（前掲同文）という。

火曜印刷とは昭和二十五年、第一句集『蕗子』を出版するために必要な活字と手フート式印刷機を購入して、末弟の年雄の協力により始められたが、これが後の火曜印刷株式会社の始まりであった。

『前略十年』は昭和二十九年六月の刊行で、重信（当時三十一歳）はそれまでに、第一句集『蕗子』、第二句集『伯爵領』を既に出版していたから、刊行順では第三句集ということになるが、作品製作年代別では最初の句集である。『前略十年』は酩酊社刊。Ａ５版一一〇頁、八八部限定、作品二五一句を収録、箱入り、頒価三〇〇円。発行者・本島高弓、印刷者・高柳年雄である。

冒頭の句であるが、「金魚玉」という夏の季語に、「明日は歴史の試験かな」という作者の当面の課題を取り合わせている。単純ではあるが、その分、少年らしいシンプルな一句に仕上がっている。この句の眼目は「歴史の試験」という点にあるだろう。これが国語や数学の試験では、一句として成り立ち難い。つまり、「歴史」は時空への広がりがあるのに対して、「国語」や「数学」はそういう要素がないのである。

この句が書かれた当時と言えば、蘆溝橋事件に端を発した日支事変の戦線が拡大しており、やがての世界大戦へと突き進んでいた時代である。教育現場での歴史の内容も、天皇を中心に形成されてきたとする、いわゆる君主主権を旨とする皇国史観に基づくものであった。もとを辿れば、淵源は『大日本史』に代表される水戸史観に辿り着く。それらの歴史観がことごとく覆されることになった戦後の歴史とは大きく異なるため、いま、当時の「歴史の試験」の具体的内容がいかなるものであったかが気になる。

それはともあれ、重信の初期の句としては、

高々と煙突立てり春の空

上野公園

小松宮殿下の銅像ちかき桜かな

などがあり、まだ、幼さの残る感じが否めないが、中学卒業近い頃の句には、

中学生われは

外套を今日許されて登校す

寒稽古行かぬときめし今年かな

といった、青年らしい毅然とした風貌を漂わせるような作品へと変化している。

Iの章の付記に、重信は初期の作品について「はじめ『春蘭』の田島柏葉氏の選をうけたが、これは当時同誌の同人であった父（黄卯木）の影響であろうと思われる。あとは、主として校友会の雑誌などに作品を発表したに過ぎない」と記している。

重信の父も俳人で、「父・市良は明治三十五年三月十日、群馬県生まれ。建築技師。大蔵省を経て、戦後、火曜印刷を経営。俳名は黄卯木。昭和初期より俳句を書き、大場白水郎・久保田万太郎に師事。白水郎・万太郎の『春泥』を経て、同系の『春蘭』『縷紅』同人。戦後は白水郎を擁して、鴨下晁湖、保坂文虹らとともに『椿』を編集発行。昭和五十二年七月十五日没、享年七十五歳」（『重信表』）。

「春蘭」という俳誌は、後に「縷紅」と改題。主宰は大場白水楼、主な同人に川上梨屋・保坂文虹・加宮貴一・本島高弓・鈴木真砂女・稲垣きくの等がいたが、戦争末期に廃刊。

人恋ひてかなしきときを昼寝かな

『前略十年』

Ⅱの章の、早稲田大学時代の作品である。「付記」を見ると、「早稲田大学の学生であつた。入学と同時に、学内の『早大俳句研究会』に入り、主として、その会員たちと共に勉強した。その後、同会が二つに分裂した際に、偶々その少数派に組みしたので、遽に多くの友人たちを失つた。その日は丁度、昭和十六年十二月七日であつて、一夜あけてみるとおそるべき大戦がはじまつていた。その戦争の影響をうけて、繰上げて無理に卒業させられた」とある。

掲句は、青春時代にあっては避けては通れない恋を詠んだ句である。句中の「かなしきときを」とは、今日的には単なるセンチメンタルな感慨として退けられそうであるが、この時代にあってそういう評価は妥当とは言えない。日中戦争は泥沼化し、やがての大戦へ向かっている時期であり、恋愛も今日のように自由といった世相ではなかった。時代的な閉塞感に覆われ、何もかも楽観的な観測の許されぬ情況下での「かなしきとき」を類推して読む必要があろう。だが、それでも重信は恋をした。

成田幸子に

すすき波是非話したき人立てり

多賀よし子に

颪たつや紫苑倒れんばかりなり

山本恵美子結婚

君嫁きし此の春金色夜叉読みぬ

三句目の山本恵美子は、この後も作品に詠まれるが、後に数奇な運命を辿った。何句か作品に登場するということは、若き日の重信といささか縁のある女性だったようだ。それまでは本名の高柳重信を名乗らず、翠峰、翠子といった俳号を用いていた重信だが、昭和十六年半ば以降からは、山本恵美子の名前から「恵」の一字を藉りて恵幻子と号するようになる。

とかげ瑠璃一本の藁くぐりけり

『前略十年』

この句は『前略十年』の作品の中において、さまざまな意味で珍しい句と言ってもいいかもしれない。と言うより、高柳重信の作品全体の中でも同じような句は見当たらないのである。

重信は少年時代のごく初期を除いて、写生句というか叙景句をあまり書かない人であった。当然のことながら書けないのではなく、書く技術は十分すぎるほどあるのだが、自然とか景色といったものに重信の関心はないのである。いかに短い表現である俳句といえども、人間というもの、自我というものへの関心が強く、年齢を重ねるにしたがってその傾向は強くなっていったのである。若くして文学を志す人というものは、多くそのような傾向を持つと言ってよいだろう。

ずっと後に坪内稔典が、重信作品の特徴を「人間の学」と評したが、そういう心的傾斜は若い頃から強かったことは事実である。

叙景的な句ということだけで括れば、晩年の『山川蟬夫句集』には、多少共通する部分があるが、『山川蟬夫句集』は主に句会用の即吟であり、全部の作品がそうであったかはどうかは断定できないが、五分以上は考えない等々のさまざまな制約を自らに課した作品を集めているため、一律には論じられない。

掲句も瞬間的で微細な場面を捉えた、単なる写生句のように感じられるが、実は表現技術もよく練られている。まず、冒頭の「とかげ瑠璃」であるが、瑠璃蜥蜴という爬虫類がいる。瑠璃蜥蜴は、蜥蜴という名前が付いているものの、実は蜥蜴がトカゲ目トカゲ亜目であるのに対して、一方、瑠璃蜥蜴はヤモリ科の爬虫類なのである。しかも、この句では「瑠璃とかげ」とせず、「とかげ瑠璃」と表記している。これは「蜥蜴、瑠璃色」という認識の順序を示していよう。そのことによって、爬虫類の種類を指し示すだけにとどまらず、色彩が際立つことになる。その上、「一本の藁くぐり」という瞬間的な動作のみを描き、あとは「けり」という切字で言い終えているため、一句に瑠璃色の色彩と独特の余韻が生じることになった。しかも「くぐ」るのが「藁」であることによって、場面的には敷藁などが想像できるだろう。つまり、作物の根元や家畜の小屋などに敷く藁のことである。その内の「藁の一本」だけが蜥蜴にとって「くぐ」る対象となり、その後たちまち姿を消しただろうことが窺える。

小品ながらも、繊細な言葉遣いで成立している一句である。

秋さびしああこりやこりやとうたへども

『前略十年』

Ⅲの章の、昭和十七年から十九年である。「付記」を引用すると「卒業ちかく、病いを得て、臥床の日が多かつた。この病気は、その後ながく宿痾となつた。この頃、数名の友人たちと『群』という俳句雑誌を出し、全部で十冊あまりになつた。しかし、やがて、次々と友人たちが戦陣に立つに及び、廃刊のやむなきに到つた」と書かれている。

この間の高柳重信の消息を補足すれば、「大学在学中、田島柏葉の『不易』、加宮貴一の『日月』、創刊直後の『寒雷』、および『鶴』に投句した」（岩片仁次編『重信表』―私版高柳重信年表）ようで、「『日月』には本島高弓（中略）があり、ここから高弓との親交が始まった（自筆年譜）」（同『重信表』）という。

また、「付記」に出てくる「群」という俳句雑誌は、昭和十八年に「野崎公夫・丸山正義と、第二次『群』を創刊。これは僕の作った最初の俳句雑誌（自筆年譜）」（同『重信表』）であり、一輯から八輯が刊行されている。「付記」で「全部で十冊あまりになつた」と言っているのは、「群」の第一次を含めてのことで、第一次「群」は昭和十五年に同じく野崎公夫・丸山正義と作られたが、こちらは文芸誌だった。
　掲出句は、どこか自暴自棄な感じを漂わせる句であるが、この作品からだけでは、さびしさの内容を窺い知ることは無理かもしれない。しかし、この句が書かれた時代背景は無視できず、さまざまな抑圧的な事象を前に苦しみ悩む重信が、この一句から浮かび上がってくる。そのあたりの消息は、この句の前後の句を読めば、おのずから類推可能となるであろう。

卒業し友等おほかたはすぐに征けり
よき友はすべて戦場と墓地にあり
涙あふれどうにもならぬ霜夜かな
人死ぬるときの映画の楽さむし
霙夜の罠におちたる鼠かな
滑空機枯葦薙いで降りにけり

　これらの句について少し書き添えれば、一句目は、繰上げ卒業もそこそこに慌しく出征する多くの友を思い、二句目は、大戦に突入したばかりなのに、出征した友の中には戦場にあるのみならず、早くも戦死した仲間がいる事実に打ち拉がれている。また、たまたま体調のいい時に映画を観ても、人が死ぬ場面に引き寄せられ、かつ、そこに流れる寒々しい楽に捉えられる自分に気づくのである。四句目は、霙の降る夜に鼠が罠に落ちるさまを書きつつ、そこに時代に翻弄されざるを得ない人間というもののありようも思わせる。五句目、「滑空機」とはグライダーのことであるが、「枯葦」を「薙」ぎ倒しつつ着陸する様子を描く。これはまた、グライダーが滑空する推進力を失った結果でもあり、一見穏やかに見えて諦念に通う情景というものを暗示しているかに思われる。

掲句に戻れば、それまで俳句を熱く語り合い、時代情況が次第に絶望的になっていく中でも、切実な夢を語り合ってきた仲間たちのことが念頭にある。ひとり、病のため徴兵を免れ、銃後にあって友人の消息を案じ続ける重信の心境を思えば、半ば自暴自棄な気分に陥るのも理解できるというものであろう。

「ああこりやこりや」とは民謡の合いの手の類だが、如上の心境においても作品が直情的になるのを用心深く避けて、密かに韜晦を施すあたり、重信に俳句を志す上での自覚が芽生えていたことがわかる。

友はみな征けりとおもふ懐手

『前略十年』

病気で一時的に徴兵を免れていた友人たちも遂に出征し、重信の周囲に友人はひとりも居なくなったというのだ。「友はみな征けり」に悲嘆極まったかと思うと、一転、この句はどこか落ち着いた感じに収斂されていく。それは「とおもふ懐手」という措辞に緊迫感がないためで、一息ついたような印象が読後に残る。ところが、この後二句を挟んでの三句から、掲句の成立の経緯がわかる。

野崎公夫結婚　二句

うす酒やわれら春待つ髭のびて

われら永く悪友たりき春火鉢

野崎公夫南方に出発

如月の悪友たちを忘るなよ

あくまでこの配列で書かれたとするならば、掲出句のあとに野崎公夫が結婚し、そして慌しく出征したことになる。それが事実とすれば「友はみな征けり」が実態とそぐわない。そうではなく、友人野崎公夫の「結婚」や「南方に出発」等の句を書いたあとに、それらを振り返ったかたちで前掲句が書かれたとするならば、どこか落ち着いた感じに収束している事情も納得できるというものである。

このあたりの句の配列がどういう意図でなされたかは、今日となってはわからないが、後の句からの消息を辿ると、如上のことが指摘できるように思われるのである。

ふるさとの墓地に蟬鳴く此の日はや　『前略十年』

皿の章の、昭和二十年から二十一年である。昭和二十年に高柳重信は二十二歳であった。「付記」には「戦争が終つて、次第に友人たちが身辺に帰つて来た。そこで再び力をあわせて『群』を発行した。病気も小康を保つていたので、俳壇に大いなる志を抱いて、ひたむきに勉強をした。そして『太陽系』に参加することになつた。東京大空襲で家を焼かれて以後、郷里の群馬県前橋市及び剛志村に住んでいた」とある。

重信は敗戦の日のことを「昭和二十年の八月十五日、僕は、群馬県の前橋市にいた。いわゆる玉音放送を聞いたのは、新前橋にある理研重工業の工場内の広場であった。そのとき、炎暑の広場に汗を流しながら集まっていたのは、三千人あまりであったろうか」（高柳重信「富澤赤黄男の周辺へ」／『重信表』）と書いている。つまり、重信は病の小康状態にも関わらず、軍需工場に徴用され、そこで敗戦の日を迎えたのだった。

「付記」にある「群」（第三次）であるが、重信自身は昭和二十年の十月か十一月に復刊したと書いているが、岩片仁次によれば、岩片宛の重信の書信などから昭和二十一年三月だったとしている。その当時のことを重信は「『群』は、次第に参加者を増し、同人には、野原正作・岡田利作・野崎公夫・丸山正義・加藤元重・楠本憲吉・赤尾兜子・野口立歩等が集まる。なお同じ頃、ガリ版刷の文芸誌『薔薇』を作り、小説・詩などを発表した」（自筆年譜／『重信表』）と書いている。

また、「付記」に出てくる「太陽系」とは、昭和二十一年に水谷砕壺の肝煎で創刊された新興俳句出身者の同人誌で、日野草城・富澤赤黄男・秋元不死男（当時は不盡夫）・笠原静堂などが参加していたが、重信が参加したのは「自筆年譜」によれば、富澤赤黄男を初めて訪ねた折の昭和二十二年が正しい。

掲句は「八月十五日　二句」と前書のある二句目で、一句目は「蝶舞へる遠き茜は涙ぐましも」であった。

ところでこの句、「ふるさとの墓地に蟬鳴く」まではいいが、問題は座五の「此の日はや」であろう。この「はや」に、敗戦の日の万感が込められていると思われるが、さて、具体的にどう読むかとなると甚だ難しい。ただ、敗戦の日を、来し方行方の転換点として考えてみると、この「はや」という措辞は、これまでの過酷にして予測不能な時代を振り返っての感慨と、戦後のこれからに賭ける志とに揺れる重信の心中というものを如実に表しているような気がしてならない。

重信の敗戦直後の作品をもう少し挙げておこう。

日本の夜霧の中の懐手

涙ぐみ立てばふるさと夕霙

寒月の貨車に乗り妹に逢ひにゆく

三句目の「妹」とは、妻や恋人のことではなく、実妹の高柳美知子のことである。敗戦直後は運行する列車本数が少ない上に、特に関東近辺へは東京から食糧難で買い出しに行く人も多く、いつも列車は満員で、貨車に人を乗せるのも別に珍しいことではなかった。

山本恵美子嫁きて三年、広島に在りと聞きしが、かの原子爆弾は彼女をも例外たらしめずと思へば、今年八月六日

遠雷や去年にはじまる一つの忌

『前略十年』

掲句は昭和二十一年の作で、本書の六頁に引用した「山本恵美子結婚」という前書きを付した「君嫁きし此の春金色夜叉読みぬ」の句の流れにある一句である。

句の内容に関しては、別に何も付け足す必要がない作品であろう。若き日に憧れもし、淡い恋心を寄せたでもあろう女性の命の、原爆によるこの世からの消失という悲劇に対して、「去年にはじまる一つの忌」というような淡々とした書き方を選んだところに、逆に悲痛や無念の思いが滲む。「遠雷」は、初めて投下された原爆の喩として斡旋されたものであろう。

余談だが、重信にとって、原爆で亡くなった友人とは山本恵美子だけではなかった。子供の頃に「君は空がどこにあるか知ってるかい」と問いかけられ、帽子の上からか、家の

屋根の上からか、お風呂屋の煙突の上からが空なのかと、重信を悩ませた理屈屋で議論好きのA君がいたが、「大人になったら数学者になるのだというのが口癖であったが、二十歳を過ぎたばかりで夭折してしまった。医者の卵として長崎に学ぶうち、あの原子爆弾の犠牲になったのである」(「ダルマサンガコロンダ—言葉と点鬼簿1」・「東京新聞」昭和五十二年十二月五日夕刊/『高柳重信全集Ⅱ』所収)。

きみ嫁けり遠き一つの訃に似たり

『前略十年』

Ⅴの章の、昭和二十一年後半から二十三年である。「付記」に「主として病床にあつて、大いに作品を書き、文章を書いた。そして新しい様式を生もうと努力を続けた。数名のすぐれた友人たちがいつも一緒にいて、ともに励ましあつて勉強した。この頃『群』に続いて『弔旗』を二冊だけ発行した。この頃から現住地、埼玉県戸田町に住むことになつた」とある。

この句における「きみ嫁けり」の「きみ」とは、先に述べた山本恵美子のことを暗示しているのは、まず間違いのないところであろう。ただ、この句に至っては広島に嫁ぎ、不幸にも原爆で亡くなった云々という、これまでの経緯からは一切離れて、「きみ嫁けり」という事実が、「きみ」を恋する男の立場からすれば、すでにそれは「遠き一つの訃」と同様に感じられると詠んでいるのである。

句としては、現実の誰彼の問題を離れて、恋をめぐる普遍的な作品へと昇華されていよう。言えば、それまでの山本恵美子を詠んだ句とは全く次元を異にした、高柳重信による代表的な恋の句の誕生であると言えよう。この句は、また、夏目漱石門の作家にして俳人でもあった久米正雄（俳号＝三汀）が激賞したと言われているが、出典は不明である（楠本憲吉編著『戦後の俳句』二〇四頁参照・昭和四十一年二月、社会思想社刊）。

この当時、重信にとって真の俳句開眼につながる大きな出来事があり、そのことによって、重信の中で急速に育ちつつあるものがあった。

人には、それぞれ、出会いというものがあるらしい。たしかに、人生のある時期に、ある人に出会ったことが、時としては、その後の運命に、いつまでも大きな影響を遺したりするようである。

僕にとっての富澤赤黄男は、まさに、そのような出会いの影響を、深刻に及ぼした巨大な存在であった。その富澤赤黄男を、はじめて吉祥寺の家に訪ねたのは、なお敗戦後の混乱が続いていた昭和二十二年の早春であるが、（中略）僕は、すでに、この『天の狼』の詩人の、現実の声貌に接するに先立ち、その句集の存在によって、早くも恐るべき衝撃を受けていたのであった。

（「『天の狼』の富澤赤黄男」・「本の手帳」昭和四十二年十月／『高柳重信全集Ⅱ』所収）

これは、後になっての文章だが、戦争末期の段階で重信が赤黄男の『天の狼』を読んでいたことは「いつもよき兄貴分であった本島高弓から借り受けて、それをノートに書き写して持っていた」（「『蕗子』の周辺」・『高柳重信全集Ⅲ』収録）を見ても明らかである。しかも赤黄男の一字空白が、重信の昭和二十一年後半からの作品に散見される。

ゴッホの糸杉　東風に逆立つ我が蓬髪
切られる鯉　片目が何も見ていない
酒を下さい　夜の調律が出来ません
怒濤　ああ　海さへ夜に敗れたり

蓬髪が感ずる遠い夜の風雨

『前略十年』

高柳重信にとってこの昭和二十二年とは、大きなターニング・ポイントになった年でもあった。まず、句集『天の狼』より「出会いの影響を、深刻に及ぼした巨大な存在であった」（「『天の狼』の富澤赤黄男」・既出）富澤赤黄男を東京・吉祥寺に初めて訪ね、そのことにより受けた全人的啓発から新たな俳句方法論が模索される。赤黄男の分かち書きの模倣を止めるとともに「『群』四・五月号に、野原正作・岡田利作とともに初めて多行形式による作品と、また、多行への『提議』を発表」（『重信表』）とあるのがそれである。また、「太陽系」に「敗北の詩——新興俳句生活派・社会派へ」という、重信における根本的な俳句観を書いた文章を発表している。さらに、高柳恵幻子というこれまでの俳号を廃し、本名に戻しているのも、重信の中で確実に何かが変わった証拠であろう。

多行表記については、『蕗子』の作品を対象にした時、詳しく触れたい。ここでは重信の戦後の本格評論の第一弾と言うべき「敗北の詩——新興俳句生活派・社会派へ」を見ていきたい。次の部分などに重信の論旨が見て取れるかと思う。

数ある文学のジャンルの中から、特に俳句という歯がゆいものを選んだという動機――その動機の中に、見逃すことの出来ない虚無的な考え方、敗北主義の萌芽のあることを、改めて注目したいと思うからである。（中略）俳句を選択した動機の中に含まれている半ば無意識に似た敗北主義こそ、逆にさかのぼって俳句の性格を決定する重要な要素であり、そこから無意識に引き出される虚無主義の妖花こそ、今後の俳句の当然の課題ではなかろうかと考える。

それは、しかし、形式の安易さから、気軽に無自覚に投じて来る大衆の詩であることを、必然的に拒否し、俳句を最も孤独なものに置きかえてしまうだろう。（中略）創作という言葉に本気でこだわりながら、俳句形式について考えるならば、それのみが今日以後に残された唯一の俳句として、辛うじて存在の可能性を持つであろうと思うのだ。

（「太陽系」十二号、昭和二十二年七月／『高柳重信全集Ⅲ』所収）

「虚無的な考え方、敗北主義の萌芽」にこそ「俳句の性格を決定する重要な要素」があるとする高柳重信の考え方は、いまから見れば、きわめて自己否定的であり、ストイックに過ぎると思う人もいるかもしれない。だが、先にも触れた通り、重信は赤黄男に出会うことで、俳句に纏わる全ての固定観念を否定するところから、俳句の何たるかを捉え直すべきとの思いが、その根底にあった。しかも、重信二十四歳。自他ともにいっさいの妥協を排するという精神的高揚にあっては、自己否定的になるのもストイックになるのも無理からぬところであろう。

　この論を書く前提としては、戦前から戦中にかけて新興俳句が国家権力による弾圧を受けて壊滅したという事実があるにも関わらず、戦後になってそれと対立した人間探求派をはじめ伝統俳句を信奉する俳人たちも、そのことには何ら触れず、次々と新誌を創刊して安易な作品を量産する。また、一方で〈俳句は文学ではない〉とする石田波郷らが登場するなど、重信がそれらの人々と正面から対峙するかたちで、この一文を書かずにいられなかった心意は理解できるのである。

　それだけではない、前年に発表された桑原武夫の「第二芸術」（「世界」昭和二十一年十一月号）論を受けて俳壇が反論に沸き返る中で、俳句成立の根拠に注視することで書かれた数少ない論である事は注目していい。

　冒頭の句に戻るが、これは『前略十年』の掉尾の句である。高柳重信は若い頃から晩年まで長髪（蓬髪）であり、それが「遠い夜の風雨」を察知するという、この句の象徴するものは何か。多行という新たな表現方法の実践への意欲と、それに比例してある不安や怖れといったものが、喩として「遠い夜の風雨」を呼んだものであろうか。

身をそらす虹の
絶巓
処刑台

『蕗子』昭和二十五年

高柳重信の第一句集『蕗子』は、昭和二十五年八月、東京太陽系社刊。A5判八〇頁。池上浩山人の和装綴本を採用。一二〇部限定。頒価一五〇円。昭和二十二年より二十五年に至る多行表記作品四七句を収録。（なお、この体裁で塚本邦雄の処女歌集『水葬物語』も火曜印刷で製作されていることは有名である）。

内容は「序にかへて」富澤赤黄男、「逃竄の歌」一五句、「盗汗の歌」七句、「なげき節」七句、「子守歌」九句、「廃嫡の歌」九句、「跋」により成り立っている。赤黄男は「序にかへて」で、『蕗子』の作品について「高柳重信の精神は一言でいへば、反抗と否定の精神である。それは同時に彼自身へ反抗し、彼自身をも否定せんとする激しさを示すものである。（中略）たしかに彼の作品は未だ完成的ではない。しかし彼の詩の構成の方法は確然と造型性の上に置かれてある」と推挽している。

この『蕗子』の作品が書かれることになった昭和二十二年以降の動向を記すと、まず、評論活動では、「偽前衛派——或いは亜流について」「バベルの塔——或いは俳句と人間性について」「大宮伯爵の俳句即生活」「藤田源五郎への手紙」などの多くを書いた。また、昭和二十三年に「群」は解消され、新たに楠本憲吉・加藤元重・野原正作と同人誌「弔旗」を創刊するも翌年五月、第二号で終刊。「太陽系」が二十三号で終刊になったあとに出された「火山系」は「太陽系」の指向するところを受け継いだが、これも昭和二十五年五月に通巻十七号で廃刊。ために十月に「黒彌撒」を創刊したが、同人の離合集散はめまぐるしいものがあった。

ところで、「群」の仲間たちと始められた多行表記（多行作品とはあくまで「俳句形式」に含まれるものであり、「多行形式」と言うことによって、俳壇では「俳句形式」とは別もの、つまり、俳句ではないものとして見做し括り出そうとする動きもなかったとは言えず、「多行表記」で統一しておく・筆者註）について少し触れておくと、『前略十年』を別にして、重信の『蕗子』から始まる序数句集は全て多行表記作品集である。

多行表記は昭和二十二年以後に高柳重信・野原正作・岡田利作らによって始められ、後には楠本憲吉や三好行雄をはじめ多くの人が関わった。ところが、歳月を経てみると、重信とともに多行表記を試みた仲間は、全て多行表記から撤退している。このことを以て、多行表記の実践は当初から重信がリードすることで始まったかのような印象を後の世代は抱きがちであるが、事実は違ったのではないか、と指摘したのが林桂であった。その一文をここに引く。

多行形式が提議され、その作品が掲載されたのは、昭和二十二年四・五月号の「群」からである。その提議文は無署名だが、文体から高柳ではなくて野原正作のものと岩片仁次は推定している（中略）「群」の指導的立場にいたのは高柳重信である。その高柳が提議を書かずに、野原が書いたことの意味をどう考えたらよいのだろうか。多行形式は、戦後に根差した俳句革新の集団的な思いが、生み落とした最初の形式だったと考えることが一番自然であろう。そして誤解を恐れずに言えば、その最初期において、高柳は必ずしも多行形式の牽引者だった訳ではないというのがこの意味だと思われる。（中略）多行形式には『蕗子』以前があった訳であるし、たとえ『蕗子』以後としても、「多行形式の咲き競ふ新時代的情況」そのものが、同時代人にとって、多行形式が高柳個人のものと認知されていなかったことを、雄弁に物語っていると読むべきであろう。楠本憲吉から三好行雄まで多行形式を試みた時代の恩寵の中から、高柳の多行形式は誕生したと考える方が、時代認識に正確に届いているはずだ。

（林桂「多行形式の神話を撃つには――横山康夫句集『櫻灘』へ」・「円錐」十三号、平成十三年六月）

やや、長文となったが、高柳重信と多行表記の問題を知る上で、重要な指摘と考えるゆえ、敢えて引用した。

多行表記について付け足すなら、多行とは一句を二行以上に分けて書くことである。『蕗子』では二行以上五行までの作品があるが、そもそもこの多行表記という書き方が試みられた背景には、一句の表現意図や、各行の展開、切れの顕在化に対する配慮があったものと思われる。そして、もうひとつ、見逃せないことは、多行は文字が統一された活字文化を前提として発生していることであろう。

前掲句は『蕗子』劈頭の句である。「身をそらす虹の／絶巓」までは、身体感覚を通して描かれた虹の弧の、しかもその頂き（絶巓）を指し示す。ここには身体的ロマンティシズム、あるいはエロティシズムの投影があろう。しかも、そこで大きく切れて「処刑台」が登場する。「処刑台」とは落下運動の度に消える命を意味する。絶巓と落下の関係からエロスとタナトスを思うのも間違いではない。

だが、ここで重信が試みたものは、現実の報告などではなく、書くことで初めて顕れる世界そのもの――虚構としての言語空間の構築と切れにより生ずる運動性を意識することで、重信は多行表記の可能性を必死に探っていたのである。

月下の宿帳
先客の名はリラダン伯爵

『蕗　子』

この一句手前には「『月光』旅館／開けても開けてもドアがある」という句があり、掲出句と対になっていると思われる。「『月光』旅館」の句は、宮澤賢治の『注文の多い料理店』を思わせるが、ドアを次々に開いてもまたドアがあり、フロントに辿り着かないという不意の未知との遭遇が示される。

掲句の「リラダン伯爵」とは、ヴィリエ・ド・リラダンのこと。一八三八年、フランス生まれで貴族の後裔。放浪と窮乏のうちに、象徴派の文学者と交わり、反俗を貫き、神秘的で幻想的な作品を残したが、不遇のまま五十一歳の若さで世を去った作家である。高柳重信は、当時、このヴィリエ・ド・リラダンの『未来のイヴ』等を読み、大きな影響を受けた。宿帳にある「先客の名はリラダン伯爵」とは、遅れて来た重信の、リラダンと同じ美学と志を受け継ぐことの表明でもあろう。

夜のダ・カポ
ダ・カポのダ・カポ
噴火のダ・カポ

『蕗　子』

この句は、「夜」と「噴火」の語を除けば、四回も繰返される「ダ・カポ」で構成されている。ちなみに「ダ・カポ」は音楽用語である「ダ・カーポ」を想起させるが、これは〈楽曲をはじめにかえって繰り返し演奏せよ〉の意味であり、反始記号とも言う。この点を踏まえて、「ダ・カポ」からさまざまな音を擬いていることが想像できよう。

たとえば、農耕馬の蹄の音、杓のようなもので水などを汲む音などを思ってみたりするが、どれも決定的なものではない。また、四行目の「噴火のダ・カポ」からは、火口などで溶岩が沸騰したり、水蒸気を噴き出す音などが連想できる。ただ、読み手によってさまざまに連想されていいが、どれも決定するには到らないであろう。

前に、多行は活字文化を前提として発生した、と書いた。一般の俳句は意味や情趣の展開に意を注ぐが、この句の場合は言葉の配列に配慮されている。意味よりも視覚に訴えることで、結果的に一句の指し示す世界を早判りさせず、謎に引き込もうとするのだ。俳句にはさまざまな謎があっていいが、ただ、その謎は魅力的であることが肝要である。

臨終の
涙痕の
つめたい　狼
がば　と　狼

『蕗　子』

「臨終の」「涙痕の」「つめたい　狼」とたたみかけて書かれると、すでに苦悶の末に息絶えてしまった狼が想像されるのだが、四行目になって、「がば　と　狼」と、突然、狼が息を吹きかえして起き上がったかのような場面が登場する。一行目から三行目の多行の展開が四行目にきて、それまでの世界を一気に逆転させるのだ。これも多行の展開のひとつの妙というものであろう。だが、その後に、狼がどうなったのかは、いっさい触れられていない。そこには突然の断絶があり、読者はそこで放り出される。

一句の意味を探って「狼」のことをあれこれ思うのは、もちろん読者の自由だが、高柳重信は自らの死生観を基に、その一端を多行表現の中で試しつつ、多行の展開と飛躍、そしてまた、〈切れ〉の効果といった独自の方法論に集中していた。

船焼き捨てし
船長は

泳ぐかな

『蕗　子』

句集『蕗子』の作品にとどまらず、高柳重信の全作品の中でも指折りの代表的な作品である。しかも、ここで初めて登場した空白の一行を含め、謎めいた句であって、これまでにも多くの人々によってさまざまに解釈がされてきたし、今後も新たな読みが試みられるに違いない。この空白の一行あるがゆえに、読みが定立しがたいのだが、そのあたりの理由を林桂はこう書いている。

「船焼き捨てし／船長」が、「は」によって問となり、また「は」によって「答」を呼び「答」に向かっているという構造になっている。「は」は「答」への架橋であってみれば、以後に現われるべきは、「答の構造」をもつ言葉以外にはありえない。ところが次に現われるのは空白の一行。「答の構造」を期待していた私たちは見事にはぐらかされてしまう。はぐらかされると同時に、様々な錯綜した思いを抱え込まされてしまう。

（「高柳重信論」／評論集『船長の行方』・昭和六十三年二月、書肆麒麟）

これに関連して、同じ文章で林桂は、重信の別の句集の一行空白の作品を挙げ、その空白を「此岸と彼岸の間に置かれた一行と考えることができよう。（中略）そして、それはここに至って新たに手に入れた方法というよりは、『船長』の句にまで遡って考えることができるのではなかろうか」と書いているのは注目すべき見解であろう。

ともあれ、「船焼き捨てし／船長は」と「泳ぐかな」の間の空白の一行をどのように理解するかで、この句の読みは分かれるが、船と船長の一般的な通念を覆し、それまでの全てを擲って成算のない転身を図ったとも思われる。その「成算のない転身」とは何かについては具体的に言挙げできないが、船を焼き捨てた船長は、結果として泳ぐしかなかったといった、空白の一行の意味を無化するような読みはあり得ない。

つまり、「船焼き捨てし／船長」がそのまま「泳ぐ」のではなく、空白の一行のあることによって、泳ぐ主体とその目的は深い霧に包まれることになったのである。

聾ひの
盲ひの
巨鐘
身を振りしぼり

『蕗　子』

「巨鐘」は撞木で撞かれれば大きく鳴り、遠くまで響くであろう。しかし、この句における「巨鐘」は、ついに撞木で撞かれることはなく、これからもないのであろう。しかも「聾ひの」「盲ひの」「巨鐘」であり、鳴りたくて「身を振りしぼり」つつある、言わば三重苦状態の「巨鐘」がここには描かれている。この「巨鐘」は何を象徴しているかと言えば、宿痾をはじめとして、多行表記に対する俳壇の無理解、無視もあるかもしれない。『蕗子』は多行表記の最初の句集であり、多くの人の多行表記の試みの中から誕生したひとつの成果であることは間違いない。しかし、さまざまな試みの中に優れた句もあるが、全体としてはやや統一性に乏しい、まだ実験工房の体を残している句集ということが言えようか。そして、そのことがこういう一句を書かしめたと言うこともできるであろう。
ところで、句集名についてだが、高柳重信は「跋」で次のように書いている。

変な言ひ方かもしれないが、此の句集は、私が誰かを或ひは何かを是非「蕗子」と呼んでみたくて仕方がないといふ妙な執心から生まれ出たやうなものである。(中略)いま、私には妻も子もない。勿論、遂に一度も「蕗子」にめぐりあふ機会を持ち得なかつたのは言ふまでもない。しかし、此の頃、私は「蕗子」に会ひ、「蕗子」と呼びかけたい衝動にいよ〳〵かられて仕方がない。その私の執心が、今日、こゝに此の句集を生むに至つた。

先の文中には「二、三年前から若し私に娘が生まれたら『蕗子』と名をつけることにしようと、少しさびしい気持で思ふやうになつた」とも書いているが、昭和二十五年、「黒彌撒」に参加した山本あつ子と後に結婚。以後「七面鳥」「薔薇」「俳句評論」に属するが、蕗子(戸籍名はふき子)を生んだ後に重信のもとを去っている。その高柳蕗子は長じて歌人となり、現在も大いに活躍されている。

蒙塵や
重い水車の
谷間の
石臼

『伯爵領』昭和二十七年

『伯爵領』は第二句集で、昭和二十七年二月、黒彌撒発行所刊。A5版八〇頁。一〇〇部限定。昭和二十四年より二十五年に至る作品三二句を所収。一頁一句組み。頒価二〇〇円。内容は伯爵領案内絵図一葉、献辞―伯爵婦人に、序―菱山修三。作品前頁に「タダコノマボ　ロシノモニフクサン　ヴィリエ・ド・リラダン伯爵」（これはリラダンの『未来のイヴ』から抜粋し、電文の様式に文字の配置を改変したもの）。「花火の谷間」五句、「碑銘の丘」三句、「むらさき山脈」二句、「寝墓の森」四句、「金の灯台」二句、「虎の斑の岬」二句、「黒い孤島」三句、「涙びの河口」二句、「汚名の湿地」一句、「領内古謡」八句。「あとがき」大宮伯爵。なお、所収作品の内、四句が『蕗子』と重複している。

この句集は大宮伯爵という分身を創出して、「伯爵領案内絵図」に対応する虚構の世界を描いた。大宮伯爵とはリラダン伯爵からの着想である。序で菱山修三は、「詩的言語の様式的な革命を夢みてゐるのである。ここに、大宮伯爵のヴィリエ・ド・リラダン伯への接近が始まる理由が存在する」とこの句集の性格や意義に触れている。

掲句の「蒙塵」とは、「春秋左氏伝」の「(宮殿の外で塵をかぶる意から)天子が変事に際し難を避けて逃れること」を指す。その「蒙塵」を「や」で題とし、それを受けるに「重い水車」の圧力と、「谷間」という山々によって挟撃される空間の低地にある「石臼」を描く。鬱屈したイメージである。

この句を即ち重信の心境と解釈する人もいようが、「伯爵領」という仮構性の中に、自らが自らを捜し求めていたと言った方がよい。上五と中七以下の照応から読み取れるものは当然一通りでなく、多義性に富んでいる。

吹き沈む
野分の
谷の
耳さとき蛇

『伯爵領』

この句では「谷の」の文字が、谷をそのまま表すように低く置かれている。「野分」は草などをなびかせながらも、上方より下方へ吹き、また、そこも「谷」という、周囲よりはるかな低所を選び、そこに「耳さとき蛇」、つまり何事も聞き漏らさない蛇を潜ませているのである。「耳さとき蛇」とは、さまざまな物音には敏感でありながらも、一句の印象としてどこまでも沈着冷静な様子が見てとれる。

余談だが、次の句集の『罪囚植民地』の覚書に「私は、あくまでも、私自身に沈着であることを要求しつづけた」とあるが、それは当時もこの時も変わることのない重信の一貫した姿勢であった。「耳さとき蛇」は、そういう重信の心的傾斜を表すものでもあろう。

森の夜更けの拝火の彌撒に身を焼く彩蛾

『伯爵領』

これは見てわかるように、蛾のかたちに文字を置いている。このような作品は『伯爵領』に固有の方法と言ってよく、これ以前にも以後の句集にもない。

「森の夜更けの拝火の彌撒」とは、密議宗教を思わせるが、たとえば、拝火教などを想起する。前六世紀のペルシアの予言者ゾロアスターの創始した宗教が、やがてペルシアの国教となったが、その後、南北朝時代の中国に伝わり、ゾロアスター教は拝火教と称されるようになる。ゾロアスター教は善神の象徴として太陽、星、火などを崇拝したのに対し、拝火教は文字通り火のみを神化して崇拝した。この拝火教は七世紀になって衰微したという。

高柳重信は、おそらくそのことを念頭に置き、「身を焼く彩蛾」をそこに配したのである。シンメトリーな蛾の形態に文字を配置することで視覚に訴えつつ、ここでは自死に近い蛾の死が描かれる。

海へ
夜へ
河がほろびる
河口のピストル

『伯爵領』

この句は四行目に意外な展開を見せるが、そのための核となるのは三行目の「河がほろびる」である。一行目の「海へ」は、河がほろびる方向性としては順当である。ただ、るのだ。

「河がほろびる」とは、河という機能、自然のシステムそれ自体がほろびることではない。河の実態である水が、河という形態を流れ、それが海に出ることで終了するということである。それを「ほろびる」という捉え方をしたところに高柳重信の美意識が反映されているのだ。

それは二行目の「夜へ」にも感じられる。「河」は終日流れており、言わばほろび続けるわけだが、それを「夜へ」と限定することで、「ほろびる」「河」にひとつの方向性が与えられる。

夜の闇の中へ「河がほろびる」とすることで、そこに劇的な転換への伏線が用意されていることを読者は感じるであろう。それに応えるかたちで登場するのが四行目の「河口のピストル」である。しかし、一～三行目の展開に対してこのフレーズをどのように解釈すべきか、戸惑う人もあろう。三行目までの海へ夜の河がほろびゆく様子を、凶器である「ピストル」に象徴させたのであろうか。「河口」と「ピストル」を単なる助詞「の」で連結させている点が読みにくい原因となっている。「河口のピストル」が、すなわち「ほろびる」に対応していることは事実であろうが、このあたりの解釈に対しては、さまざまに意見の分かれるところであろう。

さらに言えば、重信には河や河口の句が多い。この句もそうであるが、河や河口には重信の生に関わる意識が濃厚に影を落としているし、河口には生の終りが意識されていることも疑いようのないところであろう。すでに幾人かの評者によって、このことに対する指摘がなされていることでもわかる。

『伯爵領』では、ある形に似せて文字を配列する試みが始まる。先に蛾の形に配置した作品を挙げたが、他にも卍や孤島や靴などの形の句がある。その伝で言えば、この句はピストルを下に向けた形に文字が配列されていると思えなくもないが、しかし、この句は『蕗子』にも掲載の重複句であり、製作時期を考えると筆者の思い過ごしかもしれない。

さよなら
私は
十貫目に痩せて
さよなら

『伯爵領』

この句は領内古謡の章にある。この句が『伯爵領』にあることに少なからぬ異和感を抱くのは、『蕗子』にあって『伯爵領』に少ない「私」という主語の存在である。

領内古謡にはもう一句「指切りの／指の／指輪の／創口より／わが死／はじまり」があり、この二句だけに「私」「わが」という言葉が登場する。

『蕗子』には「わが」「われ」「ぼく」「わたし」の句が八句あり、他にも明らかに「われ」を主体としての句が潜む。

それにしても、この句は「領内古謡」と言うより高柳重信自身のことと読める。『伯爵領』という仮構性の内に生と死の問題を捉えようとする他作品に比して、掲句は自らの死への傾きそのままを書いていると読める。『蕗子』にこそ相応しい句だと言えよう。

明日は
胸に咲く
血の華の
よひどれし
蕾かな

『伯爵領』

この句は、「明日は」「咲く」「華の」「蕾」というそれ自体でフレーズを形成し得る言葉の流れを分断しつつ、「胸に」「血の」という吐血へのイメージや、「よひどれ」という言葉を結合させ、死への不安と憂鬱に多少のナルシシズムをも併せて詠んでいる。

歌人の福島泰樹だったか、六〇年安保闘争華やかなりし頃、大学をバリケードで封鎖した学生活動家たちが、この句を口ずさみ、また、節をつけて歌ったりもしたというような話を、どこかで読んだか聞いたかしたことがある。いかにもと思わせる話である。

ところで、領内古謡の最後には、一風変わった句がある。

●●○●
●○●●○
★?
○●●
—○○●

この句に関しては、これまでにいろいろに書かれてきたが、定説はない。しかし、右の句に関して高柳重信の末弟である高柳年雄が、

じつはこれは、僕が校正のときに思いつきで勝手に入れたものです。叱られるかな

と思ったのですが、兄は何も言わず、そのまま黙って印刷に回してくれたのです。兄の僕に対する思いやりであり、最上のプレゼントです。

（「月光」〈高柳重信と法光寺　重信句碑のしおり〉・二〇〇五年夏発行／高柳蕗子編集）

と書いている。今後の重信研究において、この製作秘話は重要なのでここに触れておく。

電柱の
キの字の
平野
灯ともし頃

『**罪囚植民地**』昭和三十一年

『罪囚植民地』（昭和三十一年）という句集の成立に関わって、高柳重信自らが「覚書」に記しているので、まず、それを引用したい。

○これは、私の四冊目の作品集である。はじめ私は、これを「罪囚植民地」として世に問うつもりであつた。しかしながら、既刊の作品集がすべて絶版となつており、それらの再販を希望する声もあつたので、初期詩篇の「前略十年」を除き、「蕗子」と「伯爵領」を此処に再録することとした。したがつて、書名は「黒彌撒」と改められた。

『黒彌撒』は昭和三十一年七月、琅玕洞刊。「罪囚植民地」としては昭和二十七年から三十一年にかけての作品五六句を収録。A五判二〇八頁。箱入り。特装本限定二〇部、頒価一〇〇〇円、並製本限定一八〇部、頒価三五〇円。「罪囚植民地」の内容は、「晴」一八句、「曇」一四句、「雨」六句、「風」一〇句、「雪」八句、覚書—著者。

この「罪囚植民地」という句集名は、『伯爵領』の「あとがき」の冒頭に「高柳重信は、私（大宮伯爵）を借主と呼んだが、むしろ彼こそ、借主になりそこなつた男であらう。その証拠に、彼は、私の領地を、ひそかに相続しようと謀り、その企てが破れ、遂に、罪囚植民地に流されてしまつた」とあり、重信の中では既に作品世界の推移として『伯爵領』から『罪囚植民地』へは、予定されていた路線であることがわかる。

『罪囚植民地』は、これまで二行から十数行まで、また、文字を象形的に配置するなど、さまざまに試みられていた多行表記が、ここでは三行（七句）と四行（空白の一行を含む場合あり、四十九句）の二通りに絞られた句集となっている。これは後に、四行というかたちに収斂されることになる。

いろいろな多行表記を選択するごとに、一方で普遍的な多行の方法も探られていたが、それが四行という形を選んだ時に切れや飛躍、一句としての完結性が得られることに気づいたのだと思われる。それには当然、『蕗子』や『伯爵領』の実験が不可欠であったことは言うまでもない。そういう点から、『罪囚植民地』は多行表記の試みに大きな変革がもたらされた記念すべき句集であったと言えよう。

掲句の「電柱のキの字の平野」からは、まずは木や鉄骨入りのコンクリートなどの電柱と、変圧器や電線・電話線等を固定する腕木によりキの字に見えて、それがずっと続く不思議な平野を思い浮かべるが、一方で、「キの字」から〈き印〉といったものも思い起こさないわけではない。そのような不穏さを孕んだ一句を、四行目にある「灯ともし頃」が、一転して懐かしい感じに言い収めているかのように思える。

実は生前の重信から掲句のモデルが群馬県の桐生だと聞いたことがある。その時、前橋から重信宅に原稿を届けに来ていた林桂も同席していた。重信のその時の発言に抵抗を感じたという彼は、のちに、この「灯ともし頃」に、はじめは注目していなかったことに気づいたとして、次のように書いている。

「灯ともし頃」とは、裏返せば「逢魔が時」に他ならないではないか。「キ」の依り代として「逢魔が時」の暗に立ち、遙か彼方まで続き消えてゆく電柱。それは百鬼夜行を招く前ぶれのごとく見えるのである。その「逢魔が時」を「灯ともし頃」として切り取って、その灯のもとに団欒の位置を確保しようとするのが人間の営為の歴史であった。しかし人間は、寄り添うために点した灯が、実は「キの字」につながっていることを考えないのである。いわば「灯」に象徴される文明とは、「キの字」からもたらされた悪魔の力、さもなくば人々から疎外された「キ印」の鬼才たちからの優しい恩寵、贈物としてのものなのである。

（「高柳重信私論」／『船長の行方』）

続けて、林桂は、桐生は「灯ともし頃」のモデルによい街で、山が近くに迫っているゆえに「灯ともし頃」が立体的に知覚できるとも書いている。

『伯爵領』以後の重信の動向について触れると、昭和二十七年二月に「七面鳥」を六号で終刊にした後、本島高弓とともに富澤赤黄男を擁して八月に「薔薇」を創刊した。主要な同人としては赤尾兜子・岩片仁次・岩田静穂・鎌田矩夫・甲田鐘一路・下野博志・志摩聡・関口比良男・寺田澄史・鳥海多佳男・野田誠・畠山弘・早川利康・岬沃助・三好行雄（湊喬彦）・武藤芳衛がいた。

翌二十八年には「薔薇」に三橋鷹女が同人参加する。重信は現代俳句協会の会員となり、また、関西に旅行し、山口誓子・日野草城・西東三鬼・平畑静塔を訪う。

昭和三十年には鈴木六林男・佐藤鬼房・金子兜太・楠本憲吉等と『現代俳句集』Ⅰを上梓。八月には本島高弓が急逝した。重信は「彼が『薔薇』の中で持っていた役割は、共和国の首相のようなもので、『薔薇』の老若の同人たちを、巧みに統率したのは、身にそなわった人徳ともいうべきであろう」（「薔薇」の六年／『重信表』）と悼んでいる。

かの日
炎天
マーチがすぎし
死のアーチ

『罪囚植民地』

軍楽隊が行進曲を演奏しつつ門を通過して行く様子を祖型として、「マーチがすぎし死のアーチ」と一段繰り上がったイメージを定着して見せた。「マーチがすぎし」はマーチを演奏している者たちが通過したというよりは、その行進曲によって行軍していった兵士のことを指しているのであろう。「すぎし」という過去形から、それらの兵士は、やがて「死のアーチ」を潜ることになる。「死のアーチ」とは、もちろん戦場での死を意味している。

「かの日／炎天」とは出征する日の天候でもあろうが、出征する兵士の印象をいやが上にも鮮明なものにしていよう。「マーチ」と「アーチ」という非常に良く似た音から、戦争の悲惨さ、絶望感をかくのごとく典型的に言いとめたのである。

軍鼓鳴り
荒涼と
秋の
痣となる

『罪囚植民地』

「軍鼓」とは、戦陣に用いる太鼓のことで、進撃を鼓舞したり、戦闘の恐怖を振り払うためのものであった。秋の見晴らしのよい戦場での戦闘はやがて終息し、戦場には敵味方の死体が累々と横たわる。そういう空しい光景を高柳重信は「痣」として捉えたのである。「痣」は戦闘の済んだ場面の喩であるとともに、生き残った兵士の心にも消しがたい痕と痛みを残しただろう、その喩ともなっている。

「軍鼓鳴り」から「荒涼と／秋の／痣となる」の間には、時間的経過のみならず、戦場での戦闘のいっさいを繰り込んでの〈切れ〉の効果を発揮している。そして、こういう場面は、日々繰り返されて、戦勝国にも敗戦国にも実に大きな犠牲を強いたのである。『罪囚植民地』の代表作の一つと言っていい。

日が
落ちて
山脈といふ
言葉かな

『罪囚植民地』

この句をきわめて具体的に、日が落ちた後の山脈、その黒いシルエットの連なりとその上空の情景に触れ、また、具体的な山脈のイメージを重ねたりする鑑賞がある。

「日が／落ちて／山脈」ならそれでもいい。しかし「といふ／言葉かな」はどうだろう。「日が／落ちて」という水平な視線による導入部から「山脈」が浮上する。ここまでは読みはブレそうもない。ところが、問題はいきなり「といふ／言葉かな」と、言葉の世界へと転換する点にある。古代では山脈は人と人とを隔て、行動範囲も山脈の高さによって制限された。山は、また、霊的な存在として信仰の対象にもなった。大自然に対して卑小な存在の人間は、降りかかるさまざまな困難を祈りと言霊の力に縋ることで凌ごうとした切実な歴史がある。「山脈といふ言葉」が負う奥深い世界に思いは広がってゆきつつ「言葉かな」の詠嘆で句を結ぶ。「日は」「山脈といふ言葉」の中にも「落ちて」いった、と考えたい。

「書かれるに先立って、もう大部分が決定済みの世界」ではなく、「言葉に書かれることによって、ただ一度だけ、はじめて出現する世界」（「『書き』つつ『見る』行為」・「俳句」昭和四十五年六月／『高柳重信全集Ⅲ』所収）をこそ希求していた高柳重信であった。

くるしくて
みな愛す
この
河口の海色

『罪囚植民地』

一、二行目の「くるしくて／みな愛す」は、かなり屈折した感情である。この感情や思いがどこからやって来るのかと言えば、くるしみの因って来たる理由を自ら諾える場合であり、この句においては、三、四行目の「この／河口の海色」とも無縁ではないだろう。『罪囚植民地』には、「河」及び「河口」を扱った句が他にもある。

薔薇うかべ
海をおそれる
晩年の河

枯木らよ
これは
河口の
楔形喪章

河口とは川の終りであるとともに、海への入口でもある。つまり、純粋には川でも海でもない、その両者の拮抗し合う場所であると同時に混淆し合う場所（汽水域）でもある。以上のことを思えば、河口に「海色」が広がることがあっても不思議ではない。川でありつつ海でもあるといった両者の鬩ぎ合いからは、一、二行目の「くるしくて／みな愛す」を逆に導き出しているとも考えられよう。

引用句に「海をおそれる／晩年の河」とあるように、河口に人生の晩年を重ね合わせ、また、確実に訪れる死への予感も、この句の基底にはあるだろう。海が死の喩だとするならば、「みな愛す」の「愛」は、高柳重信が受容せざるを得ない苦難一般に対する感情のことであろうか。

しづかに
しづかに
耳朶色の
怒りの花よ

『罪囚植民地』

この句は、一行表記を堅守する発想からは決して生み出されないものであろう。初句をリフレインで四字ずつに分断して、ゆったりとした助走の働きをさせ、次いで、いきなり核心の「耳朶色の／怒りの花」へと跳躍する。最後の「怒りの花よ」の「よ」は、初句の「しづかに／しづかに」を受けての静かな言い収めの役を果しているかのようだ。

高柳重信は大手拓次の詩を愛読した時期がある。たとえば、拓次の詩「影は咲く」に、

この日われに耳なくて
その影は
しきりにも　みだれさきけり

というフレーズがある。この詩が重信の掲句に影響を与えたかどうかは不明ながら、微妙な共通点があるようで興味深い。

杭のごとく
墓
たちならび
打ちこまれ

『罪囚植民地』

一、二行目の「杭のごとく」「墓」という出だしそのものに意表を突かれる。墓が杭のようだとは、ふつう思わないからである。そして、「たちならび」「打ちこまれ」と展開されるに至って、これは墓石のことではなく、墓標のことと気づく。

それにしても「墓」に対して「杭のごとく」「たちならび」「打ちこまれ」という、前後の行から尋常ではない墓のありようが立ち上がってくる。どう見てもこれは戦場における戦死者たちを埋葬した光景ではないかという気がしてくる。

墓標立ち戦場つかのまに移る　　石橋辰之助

これは昭和十三年の作で、ひととき戦闘が終了した後、戦死した者たちをそのまま置き去りにするわけにもいかず、仮埋葬した上に粗末な墓標を立てて、部隊は次の戦場に移っていく様子を詠んでいる。

高柳重信の句も同じような場面が想像されるが、両者の大きな違いは、石橋辰之助がそれを事実として淡々と叙しているのに対して、重信は「杭のごとき」と墓標の形状を示し、続いて「立ちならび」「打ちこまれ」と、多行による力強い展開力で場面を示しながら、そこに同胞の戦死者を見知らぬ大地に埋めて去らねばならない、悔しさや悲しさや怒りが込められているように思われる。

もちろん、重信に従軍経験はなく、また、これを戦火想望俳句として書いているわけでもない。あくまでも多行表記の仮構性におけるリアリティの問題なのである。

古き戯曲の
軍楽の
黄の夕暮の
葱坊主

『罪囚植民地』

この句は、一行一行の展開により、次々と映像を結ぶかのように見えて、その実、一行目から三行目の最後の「の」により、次行へ、また次行へともたれかかっていき、辿り着いてみれば、結局「葱坊主」しか残らないような句になっている。掲句の「の」という格助詞は、前の語句の内容を後の体言に付け加え、その体言の内容を限定するという働きがあるが、それが三つも続いているために、はじめに述べた印象が残るのである。

まず、由来も内容も何もかも不明な「古き戯曲」がいきなり登場し、助詞「の」によって次に「軍楽の」が来る。戯曲が演じられるとすれば、軍楽の鳴る場面のあることが示される。その「軍楽の」から「黄の夕暮の」に転じ、高まった期待にどうなるかと見据えれば、突然、「葱坊主」によって収束する。言えば、行の展開の途中にあった期待こそが一句の華であるような、そんな感じがする。この句は、スポットライトを浴びた舞台の上で演じられるかに見えた劇が、急に夢から覚めたかのように不意に終わってしまい、まるで狐につままれたかのような、その分、行間に妖しい移りの美があるように思われる。

『罪囚植民地』には、掲句と同じく一行目から三行目まで「の」を用いた句に、

月明の　　　　　　　降る雪の
冬の　　　　　　　　野の
砂塵の　　　　　　　深井戸の
行方かな　　　　　　谺かな

があるが、その作品世界は全く違うと言うべきであろう。行から行への展開の仕方が明確な限定を加えていき、掲句にあったような読みのハレーションを起こさずに、四行目の結句にすんなりと辿り着く。言えば、この多行表記の句は、一行表記にしてもあまり違和感のない句であるとも言えよう。

向日葵ら
おどろ髪して
吹き折れゐたり

『罪囚植民地』

この三行表記の作品を見て、誰しも二行目の「おどろ髪して」に擬人化と、それを通して現れる異界の相貌を認めるであろう。「おどろ」とは、草木の乱れ茂ることの意に加えて、髪などの乱れたさまを表す。このような趣向の句は『罪囚植民地』にまだある。

たちならび
みじかき葦の
ここより怒髪

「怒髪」は怒りのために逆立った頭髪。後に記すが、高柳重信の当時の心情が窺われる。

灯を捧ぐ
あはれ赦せと
雪降る闇に

『罪囚植民地』

雪降る闇に灯を捧げつつも、「あはれ赦せ」と心のなかで呟かずにいられない。やむなき事情で、人の不幸、悲運を救えなかった場合、あるいは、直接的に自らが関わっていなくとも、人の不幸の知らせを聞いた時、知ってさえいれば何がしかできただろうにと思うような場合、「あはれ赦せ」と思うのは自然な感情に違いない。

高柳重信の別号、山川蟬夫の句に

六つで死んでいまも押入で泣く弟

の句があるが、重信に六歳で死んだ二つ違いの弟がいたのは事実である。以下の引用は重信が子供の頃の記憶を記したものだが、ここにも「あはれ赦せ」の思いがあったのかもしれない。

夏の日盛りの道に、お揃いの大きな麦藁帽をかぶった七歳と五歳の少年が立っていて、一人は兄で長い黐竿を持ち、一人は弟で竹製の虫籠を提げている。もう少し子細に眺めると、兄はきつい顔をして弟を振り返り、弟は首うなだれて兄から視線をそらしている。すっかり黄ばんで色褪せてはいるが、このとおりの構図の写真が、たった一枚だけ手許に残っていて、それが弟についての、私の唯一の記憶を支えている。

（中略）

次の年の四月の初め、ほんの一週間ほど病んだきりで、この無口な弟は死んでしまった。

（「蟬」・「読売新聞」昭和四十九年六月三十日／『高柳重信全集Ⅱ』収録）

『罪囚植民地』の「覚書」には、この句集の作品が書かれた当時の重信の眼に写った俳壇状況や重信自身の思いなどが綴られている。以下、部分的に引用する。

「罪囚植民地」の作品は、昭和二十七年から三十一年にかけて書かれた。これは、私の二十九歳から三十三歳の間に相当する。この期間は同時に、私が編集した俳句雑誌「薔薇」の揺籃期と重なりあつている。私は、もつぱら「薔薇」の育成に力をそそぎ、好むときも好まざるときも、俳壇との密接な応酬を余儀なくされた。したがつて、私は、作品を書くためよりも、「薔薇」編集者として多忙であつた。この期間に、私をとり巻く社会の動きは、きわめて数多くの激昂を惹起する事件によつて満ちていた。しかし、私は、あくまでも、私自身に沈着であることを要求しつづけた。その間に俳壇では、いわゆる三十代作家の顕著な進出があつた。彼等は、火のように燃えて、作品を書いた。私は彼等にいくらかの共感をおぼえながら、なお且つ、氷のごとく沈着でありたいと、いよいよ深く誓うところがあつた。彼等が火のごとく人の心を焼くときに、私は氷のように人の心を焼きたいと思つた。

『罪囚植民地』が出版された頃までに「薔薇」に新たに参加した主な人々を挙げると、榎島沙丘・加藤元重・野原正作・山崎青鐘、また、客員として鷲巣繁男・塚本邦雄らがいた。また、『現代俳句集』Ⅱが上梓され、翌、昭和三十二年には現代日本文学全集第九十一巻『現代俳句集』（筑摩書房刊）に戦後派俳人ら数名と重信の作品が収録される。同年十二月、「薔薇」は四十三号を以て終刊となる。

『罪囚植民地』の作品で取り上げたかった句を挙げておく。

遠眼鏡
紡車が
まはるばかり

＊

樹々ら
いま
切株となる
谺かな

＊

大足垂らし
夜霧の
　底の
揺椅子一つ

遠雷に
さび声あげて
汲まれる井戸よ

＊

青木枯の
月が
曳きずる
錘かな

＊

降りつもり
雪が
降り降る
噴水一基

吊るされて
一と夜
二た夜と
揺れるばかり

『蒙塵』

第四句集の『蒙塵』は、単独の句集としては刊行されず、昭和四十七年に出版の『高柳重信全句集』（発売元俳句評論社）に収録されている。昭和三十一年より四十三年までの作品で、章立ては「揺れるばかり」一二句、「喪服の時間」一四句、「愛撫の晩年」一四句、「二十六字歌」一〇句、「足軽集」一二句、「水滸伝」八句、「爬虫の族」八句、「髪」一〇句、「三十一字歌」四句の計九二句である。作品は一行空けを含めて、全て四行の天揃えとなる。

昭和三十二年末に四十三冊を以て終刊となった「薔薇」を承けて、昭和三十三年三月に新同人誌「俳句評論」を創刊。中村苑子の渋谷区上原にある持家を発行所とした。

創刊号の趣意書には「戦後の俳壇も既に十余年を経過いたしました。敗戦直後の激しい動揺と混乱、それに続くむしろ沈滞にも似た平穏な安定を経て、いま漸く何ものかを生み出そうとする新しい否定と肯定の交錯が初まってきたようです。今こそ俳壇を久しく支配してきた微温的な雰囲気を打破し、俳句文学の新しい創造のために感情的派閥的に走らない真の文学的な研究と論争がそれにふさわしい場を得て大いに展開されるべき時であると信じます」（『重信表』）とある。

創刊号の祝辞が神田秀夫・栗林農夫・平畑静塔・西東三鬼・金子兜太といった人々から寄せられたが、その内容は「何を以て俳壇に新風を起こすかに注目しています」（『重信表』）という点で共通していたという。

掲句は、「吊るされて」とあるものの、何が吊るされているのか、全く触れられていない。ただ「一と夜／二た夜と／揺れるばかり」だというのである。読者は、吊るされて揺れるものをさまざまに想像しよう。中には絞首された人間を思い浮かべる人もいるであろう。それはともあれ、「遠火事の／こちらの夜の／荒縄に／さがりしものは」という句も含めて、吊るされているものが何なのか、この点に読者の注意を引きつけたまま、決してそれが明かされないところに謎や不気味さは募る。そして、作者たる高柳重信の狙いは、まさにそこにあると言っても間違いではないだろう。

いまは
夜更けの
黒い花火が
とりのこされ

『蒙塵』

この句は、言葉の仮構性というものを考えさせる典型的な例であると言っていい。「いまは／夜更けの」であるから、ふつうには漆黒の闇か、それに近い情景を思い描く。そこに「黒い花火」が登場する。よしんばそんなものが仮にあるとしても、闇を背景にしたら見えるはずがない。しかも、その「黒い花火」はすぐに消えることなく、「とりのこされ」るというのである。

つまり、現実にはあり得ない光景ながらも、このように書かれた作品を読んだ途端、我々の中に書かれた通りのイメージを、現実に有る無しに関わらず、思い描こうとしていること気づくであろう。これを全くの嘘として退ける前に、多行による言葉の展開の中に、あり得ぬ世界が揺らぎ立つことを感じて欲しいのである。

縦の林の
日の縞の
疑り深き
切株ひとつ

『蒙塵』

切株の句というと、富澤赤黄男の「切株はじいんじいんと　ひびくなり」があるが、高柳重信はこの句について「僕が俳句について考えるとき、真先に、かならず僕の脳裏をかすめるのは、富澤赤黄男のこの作品である。（中略）不備を恐れずに強いて言うならば、この作品には、もっとも典型的な、もっとも始原的な『俳句』がある。それは、もっとも『俳句』から遠ざかろうとして、遂に、もっとも『俳句』になってしまった不思議さを孕んでいる。いや、そうではなくて、もっとも『俳句』になりきるために、もっとも『俳句』から遠ざかろうとした緻密きわまる智恵を、この作品は、ひそかに内蔵しているのだ、と言うべきかもしれない」（「現代俳句鑑賞」・「俳句研究」昭和三十三年十月号／『高柳重信読本』・「俳句」平成二十一年三月刊）と書いている。

赤黄男の「切株」の句が発表された頃と、重信がこの句を書いた時代では、かなり隔たってはいるものの、その「切株」の句に対する重信の執着から考えても、その句から触発されたものが、ここに登場したと考えてもおかしくはないかもしれない。

樅の木は高さ三十メートルにも及ぶ高木であり、葉は線型で密生する。日が差していたとしても、地表には僅かに日が零れる程度である。「樅の林の／日の縞の」とは、一見、そういう光景を淡々と叙したに過ぎないように見える。ところが、ここに登場するのが「疑り深き／切株ひとつ」である。「疑り深き」は「切株」に感情移入しての擬人法がとられているが、ここで注目すべきは、「樅の林の／日の縞の」は単に情景を述べただけではなく、「疑り深き」に微妙な陰影を与えていることである。森ではなく林であり、ゆえに日の縞が地表にも切株にも妖しく揺れている。しかも、「疑り深き」主体が、すでに伐採された結果、たった一つ残された「切株」だけに、諾うことができる。「疑り深き」の前後の行は、この「疑り深き／切株」というものの存在を、意味の側から補強するのみならず、イメージの方からも補強していることになる。言い換えれば、「樅の林の／日の縞の／／切株ひとつ」と、「疑り深き」の入る一行を空白にして読んでみると、この「疑り深き」の一行が欠かせない措辞であることに気づくだろう。

まなこ荒れ
たちまち
朝の
終りかな

『蒙塵』

まず、「まなこ荒れ」とはどういうことか。「たちまち／朝の／終りかな」とは何を意味するのであろうか。一読、その内容の捉えがたい作品だと言えよう。「まなこ荒れ」は言うまでもないが、眼疾に類することなどではない。

この読解の手掛かりのひとつは、やはりこの句が書かれた時代状況にあると私は思う。この句が書かれた昭和三十三年と言えば、かの敗戦より干支も一巡して、戦争による肉体的、精神的な数々の傷痕や、戦後もしばらく続いた極度の飢餓、貧困といった事態より、漸く癒され始めた時期だと言える。しかし、この度の戦争及び戦後の状況は、国民誰一人望んだわけでもない過酷な状況が、言ってみれば、統帥権（軍隊の最高指揮権は天皇にあること）の拡大解釈と陸軍参謀本部の軍人とそれに結託した人たちの暴走により、避けがたく訪れたのである。そのような状況が去ってから十年以上の歳月を経て、そういった悲惨な時代を、高柳重信は冷静に振り返り、まさに万感の意を込めて「まなこ荒れ」と書いたとしても、別に不思議ではない。人間の極限状況を目の当たりにした体験が「まなこ荒れ」に凝集したのだとすれば、「朝」は一日の始まり、期待を抱いた出発の時間としては受け取れず、「たちまち／朝の／終り」として意識されるのも理解できよう。そして最後を「かな」という詠嘆の終助詞である切字を用いたのも、その証と言えるだろう。

ややや、戦争と戦後の時代に作品を重ね、牽強付会に述べたきらいがあるかもしれない。重信は、いつも言葉の智恵に意をはらい、直接的な事実や体験に依拠する作品は書かない人であった。したがって、「まなこ荒れ」とだけ書き、その原因を指し示すいかなる言葉も付け加えることをしなかった。一切の予備知識を払拭し、作品に書かれた言葉だけから一句の〈読み〉は始められなければならない。ゆえに、この句から戦争と戦後の時代を読み取ろうとするのは無理がある。しかし、「まなこ荒れ」とは、そういう事柄に匹敵する重大な事態を想像してしかるべきである。無論、それが何かを正解として明示することはできないが、読者ひとりひとりが自らの経験の中から、この句が示そうとしているものを、それなりに探って行く他にないのである。

たてがみを刈り
たてがみを刈る
愛撫の晩年

『蒙塵』

「たてがみ」はライオンや馬を初めとして、さまざまな動物にあるが、たとえばライオンと馬とでは、たてがみの形態と機能が全く異なっている。ライオンのたてがみは闘いにおける強さを誇示するためにあるが、馬のたてがみはそういう性格とは無縁で、保温などの役割を持つと言われている。

掲句の「たてがみ」は、馬ではなくライオン、つまり、獅子の「たてがみ」に違いない。「たてがみを刈り／たてがみを刈る」のリフレインの意味は、その強さを誇示する「たてがみ」に対する拒否の強調であろう。そして、一行空けの後の「愛撫の晩年」とは、「たてがみを刈」った結果としての、やがての姿であり、ナルシスティックな、言わば自己陶酔の極みであり、喪志の姿そのものである。

これは全くの私見として書くのだが、この句の背景には当時の関西前衛俳句の隆盛という事実があるように思われる。
昭和三十年代に入り、関西にいた金子兜太をはじめとして、堀葦男、林田紀音夫、島津亮、八木三日女、赤尾兜子などが盛んに前衛俳句と称する俳句を書いた。高柳重信はそれに対して終始批判的であったが、その前衛俳句の闘将たちも、やがて前衛という「たてがみ」を刈るように変節してゆき、やがては「愛撫の晩年」たる結果を招来する。そんな予測を込めた句と読んでみたくもなる一句である。

火薬庫裏の
墓標らに
籠の鸚鵡の
〈おやすみなさい〉

『蒙塵』

この句は、「火薬庫裏の／墓標らに」という二行の、尋常ならざる場面から始まる。火薬庫とは、ある範囲の物を破壊し尽くし、人間のみならず生きているものを殺戮する爆弾とか砲弾、または銃弾の類を保管するための建造物のことである。しかも、その火薬庫裏に墓標が立っているというのである。これらのことから、ここはかつては戦場であり、いまは前線の後方にあって、食料や弾薬等を補給するための兵站部隊の駐屯する臨時基地の姿なのかもしれないと思う。そして、墓標とはすでに戦死した兵士らの仮の墓所ということになるだろう。

句はその後「籠の鸚鵡の／〈おやすみなさい〉」と展開する。鸚鵡は人の言葉の口真似が巧みで、飼鳥とされることが多い。その鸚鵡が、誰かが教えたであろう〈おやすみなさい〉という文句を繰り返し口真似しているのだ。教えた人は、単に眠るときの挨拶として教えたのであろうが、鸚鵡は意味などはわからない。鸚鵡のいる場所が「火薬庫裏の／墓標」の近くとあっては、その〈おやすみなさい〉は、死んだ兵士に向けてのものということになる。〈おやすみなさい〉という言葉が持つ二重性がここにあらわになろう。

睡眠と永眠の、ともに「眠」の字が共通するように、〈おやすみなさい〉という言葉も、この場合、似て非なる意味合いを持つ。鸚鵡だけはそんなことも知らずに、〈おやすみなさい〉という口真似を繰り返している。蕭条として切ない句であると言うほかはない。この作品は二十六字歌の章の一句。

こころ
急かれて
身は斜め
海の足軽

『蒙塵』

「こころ／急かれて／身は斜め」は、別に難しいところはない。人は誰でも心急かれることがあれば、身は前屈みになり急ぎ足になるだろう。しかし、この句の四行目の「海の足軽」をどう読めばいいか。昔、ここでしばらく躓いた記憶がある。

まず「海の足軽」の「海の」の部分をさて措くとして、「足軽」だが、その時代によって、また、地域（国や江戸時代では藩）によってもその事情は幾分異なるが、言わば武士階級の最下層の人達のことである。いざ合戦という時には徒歩《かち》の兵卒となる。足軽は長柄組（槍組）、弓組、鉄砲組に属していて、それらのうちの鉄砲組、弓組が役目を果たして退いた後の、いわゆる白兵戦（敵味方が入り交じって行う戦闘）が彼らの登場すべき場面であった。したがって、真先に戦死したり傷ついたりするのも、この足軽だった。

足軽（軽格・下士）とは、国（藩）によって違いはあるが、一般に名字帯刀が許され、外形的には侍であるけれども、たとえば、足軽は高下駄を履くことができない、酷暑でも日傘をさすことができない、藩の学問所に入ることが許されない、剣術も上士の通う道場で習うことができない、等々の制約があったとされる。

「こころ／急かれて／身は斜め」と「足軽」の間に、いかなる読みが可能かと言えば、命令一下のもと、一斉に走りだし、敵との戦闘が開始される、その様子が思い浮かぶであろう。まず、敵を斃すことなしには生きて帰れないという現実から、覚悟を決めて死地に飛び込んで行くさまと、一方では、早くこの戦を終えて父母や妻子の待つ郷里へ戻りたいという思いの葛藤を表している。

ここまでくると「海の足軽」の「海の」の意味するところが透けてこよう。たとえば、沖にあって大きなうねりがにわかに起ち上がり、また、起ち上がりして岸に寄せは返す、そのイメージが一斉に走りだす足軽の姿と重ならないだろうか。と言うより、海からの波が押し寄せるさまから、合戦場面の足軽を幻視しているとも受け取れよう。「海の足軽」とは、省略とひねりの効いた結句ながら、一〜三行目がその読みの大きなヒントになっているように思われる。

影の木に
影の
蛇巻く
秋は来にけり

『蒙塵』

掲句から「影」の言葉を消せば、木に蛇巻くという、別段、不思議でも何でもない光景があるのみである。ところが、「影の木に／影の／蛇巻く」となると、すでに現実のものではなくなる。蛇は不吉なもの、執念深いものとして嫌われるが、神やその使いとするところも多い。しかも、体が長く、小さな鱗で覆われた変温動物特有のひやりとした触感を思い出す人も多い。

掲句は、こう書かれると、想像力の世界ながら、ありありとイメージを結ぶということがある。そこで、「秋は来にけり」である。季節の移ろいを、歳時記的な情趣としては描かずに、想像力における陰影に富んだイメージと、「蛇」固有の感触のうちに、重信の「秋は来にけり」を定立したとは言えるだろう。

候鳥は
海に炎え尽き
流木の
孤独な点火

『蒙塵』

空も海も果てしなく広がるその中を、「候鳥」（渡り鳥）は自力で飛びつつ、「流木」は潮の流れに任せて漂っている。「候鳥は／海に炎え尽き」とは、渡り鳥の体の不調によるものか、または、餌を取れないことによる衰弱かで、力尽きて死んだのだろう。

残るは「流木」だが、こちらは相変わらず、どこへ流れ着くかわからぬまま、波間を漂っているのである。掲句をそう読んで間違いではない。ただ、高柳重信は「候鳥」と「流木」という時には「候鳥」が「流木」に羽を休めることはあっても、本来は相互に何の関係もない二つの姿を捉えて、火をバトンタッチさせた。「候鳥」は生命の火を炎え尽きさせ、「流木」には孤独の火を点火させることにした。「火」という媒体を通して、この両者の孤影が、一層、浮き彫りになるという結果を見通したのである。

死のまなざしの
はにかみに
首をかしげる
黒髪格子

『蒙塵』

「死のまなざし」とは、死そのものを擬人化させ、まなざしのあるものとして仮定してみせた。死に神の姿を描いたものがあるように、である。

その「死のまなざし」を具体化させるために、「死のまなざしの／はにかみに／首をかしげる」と限定を加えてゆき、死をまるで童女のようにかわいい面差しとして描くが、最後に「黒髪格子」の一行に至るに及んで、長めの髪が間をすかして顔に垂れるという恐ろしい姿に一変し、それまでのチャーミングさは一掃されてしまう。

高柳重信は、もしかすると、この「黒髪格子」がまずありきで、これを生かすために一行目から三行目までに苦心したのではないかと、そんなふうにも思えるのである。

殉葬の十人の婢と
共寝して
長寿めでたき伯母を
待つ伯父

『蒙塵』

前に二十六字歌という章の一句を紹介したが、この句は三十一字歌の章の一句である。三十一字と言えば、言わずと知れた和歌（短歌）の音数である。高柳重信の、二十六字歌を含めてこの三十一字歌の試みは、何を意味しているかというと、何となくムードに流れてしまう朦朧体の、言わば、十七字の短歌と言っていいような作品が、現代の俳壇に蔓延しているという危機感から、徹底して俳句の造型性に立脚した作品を、この字数でも書けるか否かを試みたのではないか、と思われる。

掲句は、権力者である「伯父」の死に、殉葬を強いられた婢（召し使われる女。下女）が、死後の世界でも伯父との共寝をさせられながら、伯父は、まだこの世で長生きをしている伯母が、死後の世界にやって来るのを待っている、というのである。この三十一字歌は、全部で四句あるが、いずれも古代の、文明と階級が成立しながら、主として奴隷制度を土台とする社会というものを舞台にして、虚構の内に描いた作品である。

「俳句評論」創刊（昭和三十三年）以降の出来事に触れておく。句集『蒙塵』は、昭和四十三年までの作品が収録されているが、昭和四十一年からは多行句集としては五句集目となる『遠耳父母』の作品が書かれ始める。現代俳句協会賞の選考をめぐる意見の対立から、戦後に登場した俳人とそれ以前の先輩俳人とが衝突する事態となり、それを契機に新たに俳人協会が組織され、俳壇が分裂するという事態を招いた。

翌三十七年三月七日には、高柳重信の師である富澤赤黄男が死去。昭和四十年には重信の長年の宿痾である胸部疾患が悪化し、「平畑静塔が院長として勤務する宇都宮病院に入院した。しかし、念願の『定本・富澤赤黄男句集』出版の事務繁多のため、六ケ月で退院した」（「自筆年譜」・『重信表』）。

総合誌「俳句研究」昭和四十二年七月号で、「現代俳句の相貌、高柳重信篇」の特集が出る。その「俳句研究」があまり売れず、しかも遅刊続きという窮状を見かねて、翌四十三年三月に編集長として就任。重信が亡くなる年までの約十五年間を尽力し、近代の俳句史の見直しをはじめ、作家の特集、新人の発掘など、大きな成果を遺した。

『蒙塵』から他にも対象にしたかった句を挙げておこう。

火筒も焼けて
掌も焼けて
血の噴水の
侍童も死んだ
＊
拐めきし
妻が機織る
干潟の
湖賊
＊
酔ひて濃き
虎の老斑
山巓の
高祖

花火
はなやぎ
着飾り終へし
喪服の時間
＊
羅切ののちは
火も消えて
宦官にして
水師提督
＊
噴上げや

凛然として
死は長し

沈丁花
殺されてきて
母が佇つ闇

『遠耳父母』

この句に関わって、高柳重信が書いた文章がある。まず、それを引用しておく。

少年時代に読んだ童話集の中に、継母に弟を殺された少年の話があった。林檎色の頬をして長い睫毛の弟は、継母に虐め殺されて、庭の片隅の柏槇の木の下に埋められる。夜の暗闇に、その庭の片隅に行くと、弟の泣き声が聴こえてくる。夜ごと、その泣き声を聴きながら、少年も泣くのである。「ままはは」という言葉が、とても恐ろしかった昔の記憶である。その少年の頃の僕は、なぜか、くりかえし殺される「母」のイメージを育てていた。くる日も、くる日も、祖父や祖母が「母」を殺し、父が「母」を殺し、更に、僕が「母」を殺すのであった。そして、僕は殺された「母」に逢うために、夜ごと、庭の片隅の沈丁の繁みへ出てゆくのであった。
（「母が佇つ闇」・「俳句女園」昭和四十四年四月号／『高柳重信読本』所収）

この一文は、掲句の自解ではないが、いわゆる「母殺し」について触れているものである。「母殺し」とは、ユング（カール・グスタフ・ユング。一八六五〜一九六一。スイスの心理学者で、独自の分析心理学を創始）の心理学では、一人前になるためにどうしても克服しなければならないテーマのことで、母親殺し＝母離れも意味するという。

引用文の中で、母を鉤括弧で書いているのは、それが実の母のことではなくて、克服すべきものの喩として用いられているためである。まず、この点を押さえて、掲句を読んでみたい。

まず、「沈丁花」とあり、次に空白の一行がある。「沈丁花」とは、春に紫赤色か白の管状の花を球形につけ、香気が強い。香りは沈香に似るが、その優良品は伽羅である。香りは、それに関わる過去の記憶を強く喚起する。

三、四行目の「殺されてきて／母が佇つ闇」とは、「少年の頃の僕は、なぜか、くりかえし殺される『母』のイメージを育てていた」という、まさにイメージの世界であるが、それが現実の「沈丁花」（の香り）と出会うことによって、妙になまなましくリアリティを持って立ち上がるのであろう。

耳の五月よ
嗚呼
嗚呼と
耳鐘は鳴り

『遠耳父母』

「耳の五月よ」とは、耳（聴覚）を通して感取できる範囲の、五月の自然界の事象を指していよう。青嵐、緑雨、青葉潮、滝、噴水、蛙、時鳥、郭公、雲雀、鶯、葭切、松蟬等々、思いつく範囲でその頃の音、声を表す季語を挙げてみたが、「耳の五月」とはそれらのひとつに限定されないものの、根底で深く関わっている。

ところが、二行目以降は、「嗚呼／嗚呼と／耳鐘は鳴り」と続く。「耳鐘」とは耳鳴りがすることである。五月の生命躍動する音や声に耳を澄ますと、何たることか、それらを聞き止めると同時に耳鳴りがするというのである。「嗚呼／嗚呼と」は、耳鳴りそのものであるとともに、当事者の嘆きそのものでもあるのだ。

耳を
削がれし
耳の魔女
死して墓なし

『遠耳父母』

「魔女」とは古いヨーロッパの俗信で超自然的な力で人畜に害を与えるものを言うが、呪術やシャーマニズムに通じる面があるともされている。十六世紀から十七世紀にかけて魔女狩りや魔女裁判が起こり、数万人が殺されたというが、現代では社会不安から出来した集団ヒステリー現象であったと考えられている、との説が支配的である。

「耳を／削がれし／耳の魔女」の「耳の魔女」がわかりにくい。聴覚を操ったり、耳に関わる妖術を用いる魔女などを想像するしかない。そのために魔女は耳を削がれたのみならず、死んだあとは墓すら無いというのである。この句から、狂信的な人間というものの救い難い愚かさを感じるのみならず、今日にも該当する事柄が無いとは言えまい。

沖に
父あり
日に一度
沖に日は落ち

『遠耳父母』

いま、対象の『遠耳父母』という句集は、「望遠集」「耳の五月」「父の沖」「母系」の四章から成り立っているが、掲句を含む「父の沖」の章以後の作品は、それまでの想像力の飛翔による造型的な作品から、少しばかり趣を変えた、自らの来歴（この句集では父母）に関わるイメージの集中的な展開が試みられることになる。もちろん、日常的な範疇での把握に止まることなく、これまでの作品方法論を生かしながらも、テーマとして登場してきたのである。この後の句集『山海集』には、この傾向の句がさらに前面に出てくることを考えると、「父の沖」の章の冒頭に置かれた掲句は、その分岐点というか、やがてへの新たな展望を得たものと言ってもいいかもしれない。

掲句に詠まれる父とは、実の父親とは関係なく、言葉の「父」、つまり、高柳重信が思う「父像」というものをテーマにしている。「沖に／父あり」とは、子が感じる父との距離感や父への違和感といったものを内包しながら、すでにこの世にあらざる父を感じさせている。そして、それに続く「日に一度／沖に日は落ち」というエンドレスの天体運行により、そこはかとない郷愁と一緒になった父の死のイメージの内に、どこか父恋いの風趣さえ漂うようだ。

暗かりし
母を
泳ぎて
盲ひのまま

『遠耳父母』

一読して、母の胎内の嬰児を幻想した句とも思える。いまは超音波を使った３Ｄ映像があり、かなり詳しいことまでがわかるようであるが、母親の胎内の羊水に浮いて、まだ目も見えぬ嬰児が手足を動かす様子などがイメージとして浮かぶ。私たちはこういう時期にもさまざまな経験と変化を経てこの世に生まれ出たのであろう。

ただ、この句は、いま述べたことが原点としてあっても、読みはそれだけに止まるものではない。問題は、四行目の「盲ひのまま」にある。胎内ではほとんど見えぬ目も、ふつうは生まれて数カ月すると目が動くものに反応するという。なのに「盲ひのまま」とある、その「のまま」なる措辞に注視せざるを得ないのである。この句の構成から考えて本当の盲であったとは、この場合、考えにくい。

それは、ともかく、誕生してからも暫くは子は母の愛と庇護なくしては生きられない。しかし、いずれは成長し、独り立ちすることになる。ところが、親と子（娘）の関係によっては子が母離れできず、母も子離れせず、溺愛し、いつまでも膝元におくというケースが存在する。「暗かりし／母を／泳」ぐとは、まさにこのことを暗示しているようでもある。社会やそれに伴う人間関係を築けずにいるのは、世の中に対して「盲ひのまま」と同じであろう。この句は、単なる胎児幻想ではないと言ったのは、そういった二重性を孕んでいる、と考えるからである。

春夏秋冬
母は
睡むたし
睡れば死なむ

『遠耳父母』

かなりの高齢に達していて、心身の衰弱も顕著な「母」のありようというものを対象としている。

「春夏秋冬」という、それぞれの季節の自然界の現象やそのうつろいすらも、すでに「母」の関心にはなく、ただ時間の経過だけがあるような状態が示される。「母」は、ただただ「睡むた」いだけなのである。夜は睡っているだろうというような、野暮は言うなかれ。昼間中、うつらうつらした状態でいるというのが、現在の「母」が生きている姿なのだということである。そんな「母」が眠ってしまうということは、当然、可能性として死のおそれもあるに違いない。ここにも睡眠と永眠という、全く別個の事柄ながらも、どこかで皮膜を接しているかのような、危うい感じがあるのである。

思ふべきかな
沖の
捨鵜と
母の雨

『遠耳父母』

「捨鵜」とは、鵜飼で老いて役に立たなくなった海鵜を放したものかと思ったが、調べると鵜飼では役目を終えた鵜を最後まで飼い続けるという。とすると、捨てられたものではなく、本来は群棲する鵜が、なぜか単独で悄然たる姿に見えたものを、比喩的に「捨鵜」と捉えたものであろう。

「沖の／捨鵜と／母の雨」の、「母の雨」とはどう読むべきか。雨に母を感じるとしたら、母の愛情から連想される、雨が何もかも芯から濡らすように降り続く様子などが思い浮かぶ。しかし、この句で注意したいのは、「沖の／捨鵜と」の「と」であって、「沖の／捨鵜に」ではない部分である。「母の雨」は「沖の／捨鵜」にも降っていると思われるが、文意としてはあくまで並列させた表現と言っていい。ここで作者は、「沖の／捨鵜」という孤独な存在と、周囲のもの全てを降り包む「母の雨」から、自らが生まれて今日までの間に受けた肉親を始めとするさまざまな恩愛や、ひとりでは生きて行くことすらできない弱さをイメージとして掲げ、最初の一行の「思ふべきかな」に万感を込めて示唆したものと思われる。

こういう書き方は、これまでの作品には見られぬ新局面であることは、「沖に／父あり」の句でも触れた通りである。

昭和四十七年に刊行された『高柳重信全句集』（『蕗子』から『遠耳父母』までの多行句集を収録）の「覚書」に、句集『蒙塵』と『遠耳父母』の成立に関わる事柄に触れているので、引用しておく。

『黒彌撒』以後について、いささか言及すれば、俳壇に対する理想を具体的に表現する第一歩として、私は、「俳句評論」という同人誌の創刊に関与し、以後、その編集に当たつてきた。『蒙塵』は、それと時を同じくして構想されたものであるが、当時、神田秀夫の教示と鼓舞があつたにもかかわらず、遅々として進まず、はじめの設計図どおりには、遂に完成せず、途中で放棄された。そして、これが、『黒彌撒』以後の十数年間、次の句集を編むことが出来なかつた主たる原因でもあつた。その意味で、この一群の作品は、制作に要した年数も、収録された句数も、ともに最大でありながら、一冊の句集として眺めるとき、やや一貫性を欠いている。

『遠耳父母』は、昭和も四十年代に入つてからの作品であるが、設計図を持ちながら完成しなかつた『蒙塵』とは逆に、それぞれ別個に制作され、別個に発表された四つの作品群によつて成立し、しかも、微妙な共鳴を伴つている。この四つの作品群を『遠耳父母』として一括しようとしたのは、私自身ではなく、岩片仁次である。私の既刊句集の十三番を独占している彼は、昨年の夏、限定四部の見事な句集を、私に無断で作り上げた。したがつて、この句集名も、彼の命名である。

昭和四十三年に高柳重信が「俳句研究」の編集を担当して以後のことに触れておくと、翌四十四年、全集・現代文学の発見第十三巻『言語空間の探検』に、『罪囚植民地』が収録された。同四十五年には、戦後俳句作家シリーズの一冊として『高柳重信句集』を上梓。同四十六年、赤尾兜子・佐藤鬼房・鈴木六林男・林田紀音夫・三橋敏雄とともに、六人の会を結成、「六人の会賞」の作品公募を始める（以上、『重信表』より）。

昭和四十九年十一月に初の評論集『バベルの塔』（永田書房刊）を出版（『高柳重信全集』第三巻／川名大編「高柳重信主要著作目録」）。

ここでも『遠耳父母』から、対象としたかった何句かを挙げておく。

見殺しや
じつに静かに
百鳴る銅羅

*

耳咲いて
死にざまを
かこむ
老いざま

*

抱守の
姉者
泣く日や
蟬鳴くむかし

耳の木や
身ぐるみ
脱いで
耳のこる

*

地下に
海あり
月もなき
父の通ひ路

*

十年とんで
母の
人魂
母疲れ

飛騨《ひだ》の
美《うま》し朝霧《あさぎり》
朴葉《ほほば》焦《こ》がしの
みことかな

『山海集』昭和五十一年

　多行作品での第六句集に該当する『山海集』は、昭和五十一年九月、冥草舎刊。菊判変形一四〇頁。限定六〇〇部。昭和四十七年より五十一年に至る八四句を所収。一頁一句組み。箱入り。造本・山田良夫。定価三五〇〇円。内容は「飛騨」一〇句、「板東」二四句、「葦原ノ中国」二〇句、「倭国」二〇句、「日本軍歌集」一〇句。散文「不思議な川」、「後記」著者。

　掲句は、『山海集』の、劈頭を飾る「飛騨」と題された十句中の、しかも冒頭の句である。この一連の作品が発表されたのは「俳句研究」昭和四十七年一月号である。私はこの前年の九月に「俳句評論」同人となり、それとほぼ時を同じくして「俳句研究」の編集長であった高柳重信の助手として、編集その他の仕事を手伝うようになっていた。この「飛驒」の作品を校正で見た時、なぜか不思議にも興奮したのを記憶している。

この作品は、前年、名古屋で開かれた「俳句評論」の全国大会の後に、高柳重信・三橋敏雄・中村苑子・安井浩司ら有志が飛驒高山に遊び、その折に着想を得たものである。私はこの大会には参加しなかったが、後年に幾度か飛驒を訪れた。重信の「飛驒」の十句が、よくよくこの土地、風土の本質を見抜いた作品であるということを痛感させられた。「飛驒」十句は、「飛驒」あるいは「飛驒の」で書き始められ、「みことかな」で終わる書き方をしている。したがって、自由に書ける部分は、僅かに三、四行目のみというストイックな方法を守っている。実は、飛驒を訪れた時、三橋敏雄も「みことかな」で終わる句を数句書いたそうだが、重信の句を知るに及んで自らの句は全て捨てたと聞いている。

『山海集』に至って、重信の多行表記は一つの節目を迎えているように思われる。『山海集』以前には多行表記もさまざまな可能性を探って、行数も文字の配置も多様であったが、次第に四行に収斂されるように変化し続けた。句集『蒙塵』からは四行に統一され、この『山海集』においては空白の一行も姿を消し、完全な四行表記となっている。つまり、これまでは多行表記の可能性を探るという点に力が懸かっていたのに対して、ここへきて四行を定着させ、自信を持って四行からの発想に取りかかったのである。その精華がこの「飛驒」十句であろう。

付言すれば、これ以後の多行作品には全句にルビがふられるようになる。全句にルビをふるということは、単に誤読を恐れてという理由だけでなく、ルビ通りに読むのが最も作品に相応しい、という重信の自信の現れであるかもしれない。

句は、「飛驒の／美し朝霧」から始まるが、この「美し」は単に旨いという意味ではなく、満ち足りてここちよい、美しく立派である、の意であろう。飛驒高山は盆地であり、朝霧の濃き日もある。それに「朴葉焦がしの／みことかな」と続く。飛驒地方の郷土料理に朴葉味噌がある。朴の枯葉を水洗いして、二、三日陰干しにしたものに味噌と小口切りした葱、椎茸などを混ぜて焼く料理である。朴葉には殺菌力があり、また、焼くと芳香がある。その「朴葉焦がし」を、そしておそらくはその芳香を憑代とする「みこと」が感じられるというのである。ふつう、憑代は樹木・岩石・人形などの有体物であるが、この場合は有体物ではなく、朴葉を焦がした時の香りそのものを憑代としているのが珍しい。「飛驒」十句は、その飛驒の風土に潜み、またそれを感じ取ることができる者のみに存在を現す地霊を描き出している。これはその土地への挨拶でもある。「飛驒」の作品は、実際の飛驒よりも、飛驒の本質を理解させてくれる気がするのも、重信の洞察力と審美眼の賜物と言っていい。

『山海集』の「後記」に、この句集を書くに至った経緯に触れた部分がある。

思えば、言葉から言葉への僕の旅は、この僅かに物ごころのつきはじめた頃を起点として、はるばると現在に至るまで、実に久しく続いて来たとも言えようが、この数年間、いつも僕の心を微妙に揺さぶっていたのは、よりいっそう模糊とした感じの、いわば何ものとも知れぬ不思議な呼び声であった。

それは、はっきりと自覚されぬまま血の流れの中に伝えられて来たような、はるか遠い時代の、さまざまな精神の昂揚についての仄かな記憶の喚起であり、また、長い歳月の曲折を経て来たような昔ながらの地名などに、なぜか明らかな理由もなく、いたく心惹かれてゆく思いでもあった。

これは、あるいは、はるかなる祖霊や地霊の密かな語りかけであったかもしれないが、とにかく僕は、その遠くからの呼び声に、たえず耳を澄ましながら、それが果して、まことに僕を呼んでいるのかを確かめるため、しばしば極度の精神の集中を行なって来た。

「飛驒」の作品も「昔ながらの地名などに、なぜか明らかな理由もなく、いたく心惹かれ」「はるかなる祖霊や地霊の密かな語りかけ」に耳を澄ませることで得た句であった。

飛驒《ひだ》の
山門《やまと》の
考《かんが》へ杉《すぎ》の
みことかな

『山海集』

これは飛驒市丹生川町にある両面宿儺を開祖とする高野山真言宗の千光寺を題材に書かれた句である。ちなみに本尊は千手観世音菩薩で千光寺の山号は袈裟山である。飛驒の名刹であり、国の天然記念物である五本杉がある。また、円空の手になる仏像が六十三体もあり、別名円空仏の寺としても知られている。

その丹生川町は平湯峠を越えて長野県松本市に通じる飛驒街道の入口に当たる。「飛驒の／山門」とは、寺の山門であるとともに、険しい山への入口をも示唆している。門を入って階段を登ると間もなく五本杉があるが、長い歳月を経て古色蒼然とした杉を「考へ杉」とし、そこに土地の霊魂が宿っていると感じたのである。

飛騨《ひだ》
闇速《やみはや》の泣《な》き水車《すゐしや》
依《よ》り姫《ひめ》の
みことかな

『山海集』

二音に続き、五音が四回並ぶという独特のリズムを持った作品である。二行目、三行目の修辞の巧みさはどうであろう。説明的な言辞を何一つ使用せず、二行目から三行目の飛躍は見事と言うほかはない。

句意は、秋の飛騨に速くも日が落ちて闇があたりを覆う。その中を水車がまるで忍び泣くかのように軋みの音をたてながら回り続けている。そんな水車を以前から憑代としている姫のみことが居られる、ということであろう。しかし、元句に較べて、俳句における解釈がいかに空しいかは、この多行の一行ずつの展開を虚心坦懐に読む時、もっと豊かな世界が開けてくるだろう。「飛騨」の対象外とした七句を、参考のために引用しておく。

飛驒《ひだ》
道傍《みちのべ》の酒栄《さかばや》し
黒木格子《くろきがうし》の
みことかな

*

飛驒《ひだ》
真男鹿《さをじか》
角戴《つのいただ》きの
みことかな

*

飛驒《ひだ》の
雪襞《ゆきひだ》
天《あめ》の高槍《たかやり》の
みことかな

*

飛驒《ひだ》
法体《ほったい》の仏《ほとけ》の木《き》
足無《あしな》しの
みことかな

*

飛驒《ひだ》
大嘴《おおはし》の啼《な》き鴉《がらす》
風花淡《かざはなあは》の
みことかな

*

飛驒《ひだ》
風早《かぜはや》の神無月《かむなづき》
猪威《ししをど》しの
みことかな

飛騨《ひだ》の
袈裟山《けさやま》
長夜《とこやみ》の深井《ふかゐ》に坐《いま》す
みことかな

押《お》し込《こ》めの
土蔵《どざう》
相模《さがみ》の
海《うみ》に雷《らい》

『山海集』

この句の書き出しの二行「押し込めの／土蔵」から、思い起こされるのは水戸の天狗党の末路である。水戸の天狗党とは、全国で尊皇攘夷運動が活発になった元治元年（一八六四年）に水戸藩の藤田東湖の子・藤田小四郎を中心に組織された。朝廷に尊皇攘夷を訴えようとして、元家老の武田耕雲斎が総大将として千名あまりを率いて挙兵した。その行く手の藩の幾つかは、天狗党を阻止すべく迎撃することもあった。中仙道方面を進み、雪のアルプスを越えるなどして、幕府軍との衝突を避けつつ若狭へ抜ける道を辿った。ところが敦賀に出たところで諸藩の軍勢に取り囲まれ、しかも、はじめは力を貸してくれたはずの一橋慶喜が、その追討軍の指揮を執っているということが判明したため、やむなく加賀藩に降伏する。兵らは火の気も寝具もない敦賀の肥料用の鰊蔵に押し込められ、寒さや病気により死者が相次いだ上に、結局、武田、藤田ら三百五十二名が処刑されるという何とも悲惨な事件があったのである。

そして、二行目から三行目にかけての「土蔵／相模」と言えば、幕末維新史に興味のある人なら誰でも知っていよう。東海道の第一の宿場である品川宿（現在の京浜急行線の北品川駅の近く）にあった旅籠を兼ねた妓楼で、正式には相模屋と言ったが、外壁が土蔵に用いる海鼠壁であったため、俗に土蔵相模と呼ばれた。ここが有名になったのは、安政七年（万延元年、一八六〇年）三月三日に、安政の大獄を押し進めた時の大老井伊直弼が、水戸浪士（中に薩摩藩士あり）により暗殺された桜田門外の変があったが、その前夜、水戸浪士達が今生の決別の酒宴を行ったことによる。また、それから二年半あまり後の、文久二年（一八六二年）十二月には、高杉晋作、久坂玄瑞ら長州の志士たち十二人が土蔵相模に集結し、攘夷のために幕府が品川御殿山に建設中であった外国公使館を焼討ちするという事件もあった。

つまり、掲句は「押し込めの／土蔵／相模の」の三行において、「押し込めの／土蔵」と「土蔵／相模の」で、それぞれいま述べたような史実を念頭に置いて展開させている。一句としては、幕末の幕府側の武士と言わず、町人も時代に翻弄され、明日のわが身がどうなるか、一寸先が闇といった状況にあった。土蔵相模に多くの人々が押し込められたかのごとく想像させて、風雲急を告げる時代というものを暗示するとともに、品川の海に轟く雷まで描いたのであろう。

鹿島香取《かしまかとり》も
殺《ころ》し疲《つか》れし
眼《め》も
あはれ

『山海集』

「板東」からの一句である。古来より「兵法は東国から」と言われており、その東国とは鹿島香取両神宮の地（鹿嶋市は茨城県、香取市は千葉県にある）を指している。特に、〈鹿島の太刀〉と言われる剣法があったことは有名である。戦国時代初期には塚原卜伝が鹿島中古流と香取神道流を学び、また、武者修行の結果、鹿島新當流と新しい流儀を立てた。鹿島新當流（鹿島新道流とも言うようである）は現在でも引き継がれている。いまの武術の道場にも「鹿島大明神」「香取大明神」の二軸の掛軸が対になって掲げられていることが多いという。

この鹿島新當流を修行し、その上に自分なりの工夫を加えるという、鹿島香取の流れを汲む流儀からは、時代ごとに多くの達人が生まれており、それぞれに新流派を生んでいったのである。剣を学び、修行し、その上で些かの自信が生まれれば、腕試しをしたくなるのが世の常であろう。しかも、他流との手合わせがしたくなるのは無理ないことであるとは言え、その必然的な結果として、敗れた側の多くの武士たちは、何物にも換え難い命を落とすこととなった。

この句では、そういった武術者を取り上げ、自らの流儀や剣名を高からしめるために、幾度も他の剣の使い手との手合わせを行い、その結果として、運良く、あるいは自力で生き残ったにせよ、神を奉りながら剣法の開祖として位置づけられる「鹿島香取も」「あはれ」と言うほかなく、また、勝ち残った者も、切られ、撲殺されて死んでいった多くの人の姿が眼裏に残ることになる。言い換えれば、「殺し疲れし／眼も」ともに「あはれ」だと言うのである。

池《いけ》多《おほ》き
むかし
武《む》蔵《さし》の
鮒《ふな》や鯉《こひ》

『山海集』

武蔵の国（武州）とは、いまで言えば東京都と埼玉県南部に神奈川県の一部を含める地域を指す。これらの地域は丘陵や扇状地が多く、もとより水田には向かない地勢である。そのために小麦や畑作、昔は養蚕のための桑などが栽培されていた。したがって川から隔たった地域には灌漑のための溜池が多くあったと思われる。そういう池などには、鮒や鯉をはじめとして、多くの小魚がいたであろう。それらの池、沼の多くは戦後になって開発され、宅地化が進むことによって多くは埋め立てられ、姿を消していった。

掲句は、そのあたりの消息を実に平易に詠んでいるのだが、これも地元の「坂東」を対象に各地の地霊への挨拶として、取り上げたかったものと思われる。

富士《ふじ》は
白富士《しろふじ》
至《いた》るところの
富士見坂《ふじみざか》

『山海集』

東京には、富士見坂と名づけられた坂や、正式には別の名前がありながらも、富士山が見えると言われた坂は多くあった。一例として、千代田区永田町、港区芝公園、文京区大塚、同本郷、目黒区目黒、荒川区西日暮里などにある富士見坂をはじめ、都内だけでも二十箇所以上あったと言われている。ところが、戦後の経済成長期以後の、次第に加速された高層ビル等の建築ラッシュによって、ほとんどの富士見坂は、ビルに遮られるなどして、富士山は見えなくなってしまったのである。

高柳重信が、昭和五十五年にそれまで住んでいた渋谷区代々木上原から杉並区天沼（JR中央線、荻窪駅前）のマンションに移転した後のこと。重信が普段仕事をしている南向きの部屋から、冬の風の強い日に、駅の建物の上にくっきりと富士山が見えるのを、偶然発見して、たいへん喜んでいたことがあった。しかし、それから一年もしないうちに駅前再開発によって高層ショッピングビルが建設され、残念ながら多くの富士見坂同様に、富士山はその商業施設の影にすっかり隠れてしまったのであった。重信が残念がったのは言うまでもない。

掲句は、富士山が最も美しく見えるであろう雪を被った「富士は／白富士」と断定することから始まる。そして「至るところの／富士見坂」と続くわけだが、それにしても「富士は／白富士」から「至るところの／富士見坂」への展開の仕方は実に巧みであることに注目すべきであろう。いくら富士見坂とは言え、一年を通して富士山が見えるわけではなく、よしんば晴天であっても、春は霞、陽炎、夏は湿気、秋は霧などによって見える日はきわめて少ない。やはり、湿気の少ない冬、それも良く晴れて風の強い日などに富士はくっきりとその姿を現すのである。

高い建築物の少なかった昔であるならば、そして、もともと平坦な場所ではなく、東京の特に山の手は多摩の横山に連なる丘陵地に築かれた都市であることを知れば、富士見坂は、まさに至るところにあっただろうことは容易に想像できるに違いない。

上野《かうづけ》や
磔《はりつけ》は
忠治《ちゆうぢ》
茂左衛門《もざゑもん》

『山海集』

「上野」は、いまの群馬県、上州のことである。「上野や」で切り、二行目にいきなり「磔は」ときて、少なからず驚かされる。続けて、磔に処されたらしい人物の「忠治／茂左衛門」である。忠次は本名長岡忠次郎と言い、江戸後期の俠客で上州国定村生まれ。博徒渡世で罪を重ね、磔刑となった。浪曲、新国劇、映画などに取り上げられてきた国定忠治と言えば、知らぬ人もいないであろう。

一方、茂左衛門は杉木茂左衛門のことで、江戸前期の農民であったが、沼田領主真田氏の悪政に困窮する領民、農民のために将軍に直訴する。そのため真田氏は改易・配流されたが、茂左衛門も一定の手続きを経ず将軍に越訴した罪により磔にされた。磔刑と言いながら両者の罪の何たる違いであろうか。

「板東」なる題は二十四句ある。取り上げたかった句の、その一部をここに引用する。

後朝《きぬぎぬ》や
いづこも
伊豆《いづ》の
神無月《かむなづき》

＊

荒川《あらかは》凪《な》ぐ
死《し》ぬに
死なれぬ
少年《せうねん》も

＊

押《お》し照《て》るや
筑波《つくば》の
雪《ゆき》に
日《ひ》も月《つき》も

風《かぜ》うごく
上総《かづさ》の
闇《やみ》に
簾《すだれ》して

＊

吾妻《あづま》
はや
雄心《をごころ》の
荒山《あらやま》づくし

葦牙《あしかび》に
立《た》つ日《ひ》入《い》る日《ひ》や
故《か》レ
葦原《あしはら》ノ中国《なかつくに》

『山海集』

「葦原ノ中国」とは、中央にある国。日本神話において、高天原と黄泉の国の間にあるとされる世界、すなわち日本の国土のことである。日本神話によれば、スサノオの粗暴に心を傷めた姉の天照大神は天岩戸に隠れて世の中が混乱した。このため八百万《やおよろず》の神々は協議した末、スサノオに千位置戸《ちくらのおきど》（通説では財物、異説では拷問道具）を納めさせ、葦原中国に放逐し、高天原から追放したとされる（『古事記』では神逐〔かんやらい〕、『日本書紀』では逐降〔かんやらひやらひ〕と称する）。スサノオの息子である大国主（オホナムチ）がスクナビコナと協力して天下を経営し、禁厭（まじない）、医薬などの道を教え、葦原中国の国作りを完成させたと言われる（日本書紀）。

掲句の、「葦牙」とは葦の若芽のことで、それを中心に据え、日の出、日の入りの天体の運行を指し示し、そこで一旦切り、そして、三行目で「故ㇾ」（前段を承けて）こういうわけで、と場面を転換させ、四行目では「葦原ノ中国」と結んでいる。小景から大景に視野を広げさせ、而してそこが葦原の中国であるとしている。

あはれ夷振《ひなぶ》り
髯《ひげ》の
八十神《やそがみ》
八十梟帥《やそたける》

『山海集』

まず、この句に出てくる言葉の意味について少しばかり付言しておきたい。

「夷振り」とは「田舎風であること、田舎めいていること」の意である。「髯」はゼンとも訓み、ほおひげのことだが、頬から顎にかけてのひげも含まれるという。「八十神」とは、多くの神のことだが、「古事記」では大国主（オオナムチ）の兄神たち（ヤソガミ）のことでもあり、因幡のヤガミヒメに求婚するもヤガミヒメはオオナムチと結婚すると言ったため、ヤソガミはオオナムチを殺す。オオナムチは高天原のキサガイヒメとウムギヒメの治療により生き返るが、その後、幾度も命を狙う記述がある。

「八十梟帥」は多くの勇猛な夷族の長のこと。神武天皇が菟田の高倉山に登り、国内を見渡した時、国見岳の上に八十梟帥がいたとされ、後に天皇に敗れ、切り殺されたと「日本書紀」に出ている。つまり、八十梟帥とは、天皇を中心とする中央の政治勢力に属しない夷族が各地におり、その夷族の長は時に反乱を起こしたが、これは時代を下って平安初期の坂上田村麻呂の蝦夷征伐まで引き継がれてきたと言うべきであろう。

一方で、南方より中国を経由して伝わった稲作によって築かれた管理社会とその文化に対して、夷族は狩猟・採集の生活と文化を守り、稲作を拒否した。永い間、その両者の対立が続いたのである。

この句は、結局、八十神も八十梟帥も髯を生やし、遂に歴史の表面に出てくることのない、言ってみれば、まことに田舎風な存在であることだなあ、という思いが託されていると言っていいだろう。冒頭の「あはれ」は、ものに感動して発する言葉で、嘆賞・親愛・同情・悲哀などのしみじみした感動を表すとあるが、ここでは同情・悲哀に比重の懸かった言葉と理解すべきであろう。

走《はし》る神《かみ》あり
桃《もも》・櫛《くし》を
抛《な》げ
影《かげ》を抛《な》げ

『山海集』

「走る神」というと韋駄天がまず思い起こされる。韋駄天はバラモン教の神で、シヴァ神の子とされる。仏教に入って仏法の守護神となり、増長天の八将軍の一。特に、伽藍を守る神とされる。韋駄天は、捷疾鬼が仏舎利を奪って逃げ去った時、これを追って取り戻したという俗伝から、良く走る神、盗難避けの神として知られるようになった。

ただ、ここでは韋駄天ではなく、ただ走る神のことと読みたい。

桃は邪気を払い、不老長寿を与えるものとされている。「古事記」にはイザナミノミコトが桃を投げつけることによって鬼女ヨモツシコメを退散させた話があり、一方、櫛は、これまた「古事記」にイザナギノミコトは、妻のイザナミノミコトが差し向けた追手から逃れるため、櫛の歯を後ろに投げ捨てたところ、筍に変わったという話があり、また、大蛇を退治しに出向くスサノオノミコトはクシナダヒメを櫛に換えて自分の髪に差した、ともある。桃や櫛は追われている者を救う効力があるとされている。

しかし、この句「走る神」は別に逃げているわけではない。「桃・櫛」を抛げても追いかけてくる敵はいないし、ひたすら走っているだけなのだ。それなのに「桃・櫛を／抛げ」、ついには「影を抛げ」というのは、走るということそれ自体が目的であり、そのために余分なものを全て抛っているのである。

空国《むなくに》を
醜男《しこを》
あくがれ
喪屋《もや》ごもり

『山海集』

空国とは「膂宍《そしし》の空国《むなくに》」のことを指す。膂宍は背肉、つまり背筋には肉が少ないように痩せた土地のことを意味する。「醜男」の「醜」とは頑迷または醜悪なものという意味のほかに強く頑丈なことという意味がある。大国主神は、またの名を葦原醜男神と言ったそうであるが、この場合は強くて頑丈な、の意であることは疑う余地がない。

この句に出てくる「醜男」も、おそらく同じであろう。この「醜男」が頑迷または醜悪なものでは、この句の読みが広がらない。その醜男は、たまたま空国の存在を誰かに聞いたかして、いくら痩せて荒蕪な土地でも自らが精根込めて耕せば豊かな国になるに違いない、と思い込んでしまったのであろう。それがやがて憧れにまで高まり、そのあまり、「喪屋」に籠もってしまったというのである。

「喪屋」とは、墓の近くに造った、遺族が喪中を過ごす家、あるいは、本葬まで死体を安置しておく所である。思い込んだら命懸け、とはよく使われる言葉だが、「喪屋ごもり」は、まさに命懸けであり、〈病膏肓に入る〉といった感じでもある。

この句は、どんなに現実が厳しいものであろうとも、「あくがれ」の対象となってしまった以上は、自らが身を以て体験し、納得しない限り、人の意見は受け入れ難いものだということであろうか。

以上、「葦原ノ中国」より。対象としたかった句を挙げておく。

箸《はし》ながす
川上《かはかみ》は在《あ》り
徂《ゆ》く
丹塗矢《にぬりや》

＊

水野《みづぬ》にて
大蛇《をろち》
泳《およ》がす
八拳水《やつかみづ》

＊

漕《こ》ぐよ
常世《とこよ》へ
帰《かへ》る者《もの》なき
真杉《ますぎ》の船《ふね》

天《あめ》が下《した》に
秋《あき》きて
神《かみ》は
みな徒跣《はだし》

＊

琴《こと》抱《だ》いて
無名《むめい》の
神《かみ》が
漂着《ひやうちやく》せり

魏《ぎ》は
はるかにて
持衰《ちさゐ》を殺《ころ》す
旅《たび》いくつ

『山海集』

「倭国」より。

魏とは、後漢の末に起こった三国の一つで、他に呉・蜀があった。西暦一九八年、曹操が献帝を奉じて天下の実権を握って魏王となった。その子丕《ひ》に至って帝位につく。都は洛陽である（洛陽は現在の中国河南省の都市）。三世紀末に書かれた三国志の中の『魏書』二十九巻の『魏志倭人伝』は、当時の日本列島にいた民族、住民の倭人（日本人）の習俗や地理について書かれている。それによると、対馬から九州に至り、南へ下りつつ国を紹介していく中に、〈南、耶馬台国に至る。女王の都する所なり。水行十日、陸行一月〉といった記述がある。

持衰とは、当時、耶馬台国から魏の国に朝貢に行く際の船に乗っていく特殊な役目をする人であった。いったん、船に乗れば、頭髪は梳らず、シラミもそのまま、衣服は垢で汚れたままでいることが決まりで、さらに肉を食ってはならず、婦人を近づけることも許されなかった。こういう男性を船に乗せていき、無事に往復渡海を達成すれば最大級の保障を受けられるが、船中に疾病が生じたり、災害に遭ったなどの場合は直ちに殺されることになっていた。

句意はすでに明らかであろう。当時の船は小さく、構造的にも竜骨が無く、船底は板を敷きつめただけの脆いものである。しかも航海術は沿岸航法に準じたもので、天候が荒れれば、転覆、沈没し、運良く助かっても現在位置すら見失い漂流する、危険きわまりないものであった。ゆえにシャーマンに似た存在が必要とされ、それに準じる形で「持衰」という役割が生じたものであろう。

当時の耶馬台国は統一国家としての基盤が脆弱で、魏という国に朝貢をしなければならないほど外威を恐れていたことの現れであるかと思われる。

一体、朝貢に行く船の何割が目的を達したかは不明だが、その確率はきわめて低いものであったに違いない。そのことを如実に示したのが、「魏は／はるかにて／持衰を殺す／旅いくつ」であった。

『山海集』の中の代表的、かつ優れた一句と言えよう。

壱岐《いき》も
対馬《つしま》も
鰐鮫《わにざめ》の背《せ》も
淡雪《あはゆき》せり

『山海集』

『魏志倭人伝』には「対馬国」が倭国の一国として登場し、しかも耶馬台国に服属したことが記されている。一方、「壱岐」も耶馬台国の支配のもと、一大国が存在したとされている。ともに人口も多く、水田耕作地が無いため、海産物中心の食生活であったということが伝わる。中国や朝鮮から日本へと当時の文化が伝わって来るためには、重要な中継地の役割を果たしていた。

「鰐鮫」は、因幡の白兎で有名だが、その他にも日本神話の中に数多く登場する。それも海人系の神（豊玉毘売命・事代主命）の正体であったり、神の使いや乗物として登場する。九州北部の日本海に、古代並びに神話に登場する島々や神を浮かべ、その背に淡雪を降らせてみせる、この句からは古代のロマンが漂う。

倭国擾乱《わこくぜうらん》
真神《まがみ》
真虫《まむし》も
急《いそ》ぐなり

『山海集』

弥生時代後期の二世紀後半に倭国で起こったとされるのが倭国大乱で、倭国の地域は特定されていないが、列島規模であったとする見方もあり、日本史初の大規模な内戦だったとする意見もある。もともと男子を王としていたが七～八十年を経て倭国が相争うという状況となった。争乱は長く続いたが、耶馬台国のひとりの女子を王とすることで国中が服した。その女王の名を卑弥呼と言った。以上の内容が『魏志倭人伝』や、中国の正史『後漢書』他に記述されている。

「倭国擾乱」の「擾乱」とは、入り乱れること、乱れさわぐことである。「倭国大乱」とせず、「倭国擾乱」としたのは、争乱そのものに主眼を置くのではなく、まさに入り乱れ騒いでいる様子をこそ強調したいためであろう。その具体化が「真神／真虫も／急ぐなり」なのである。

真神とは、現在は絶滅してしまった日本狼が神格化したもの。古来より聖獣として崇拝された。真虫は蝮のことで、蝮の語源が真虫であると言う。狼や蝮は人間の敵でもある。そのようなものまでもが、いずこかに急ぐということによって、ただならぬ状況が想像されるのである。

「倭国」の章で惹かれた句を挙げておく。

舞《ま》ふ鳶《とび》と
海《うみ》の
国見《くにみ》や
十年《じふねん》老《お》ゆ

＊

鬼国《きこく》と言《い》へり
年経《としへ》て
神《かみ》の
栖《す》むところ

水行《すゐかう》
陸行《りくかう》
卑奴母離《ひなもり》に
禽鹿《きんろく》の径《こみち》

＊

神奈備《かむなび》に
雪兆《ゆききざ》し
哭《な》くは
男弟一柱《だんていひとはしら》

目醒《めざ》め
がちなる
わが尽忠《じんちゆう》は
俳句《はいく》かな

『山海集』

「日本軍歌集」より。

この句は、珍しく不断の高柳重信の俳句形式への切実な思いの丈を、やや控えめながらも、毅然と述べたものと言っていい。

やや控えめながらと言ったのは、「目醒め／がちなる」にある。この言葉は「尽忠」を言うことに対しての、含羞に根ざす表現なのである。

俳句への自らの「尽忠」（忠義を尽くすこと）のみならず、望ましい俳句状況を願うためであるならば、自己犠牲をも厭わない精神を固持しながらも、ぬけぬけとそれを言い切るのを憚ったと言うべきであろう。しかし、その熱い思いは「俳句かな」の結句にこそ表れているのである。

疲《つか》れて沈《しづ》む
黄海《くわうかい》の
日《ひ》や
わが定遠《ていゑん》

『山海集』

「定遠」は清国の北洋水師の旗艦で、鎮遠とともにドイツに発注された戦艦である。就役は明治十四年十月で排水量は七、一四四噸、全長九四・五メートル。日清戦争が勃発すると黄海海戦（明治二十七年）に参加したが、砲撃中に艦橋が崩壊し、司令官丁汝昌も負傷し、指揮能力を失った。その後百五十九発の命中弾を受けるが、死者十七人を出したのみで作戦能力は健在であった。黄海海戦の後、威海衛で防備に当たっていたが、明治二十八年に水雷艇の夜襲を受けて擱座。その後も攻撃を受け、敵への接収を避けるために自沈した。

掲句は「疲れて沈む／黄海の／日や」で始まるので、黄海海戦の場面を思い描いていると思われるが、結句に「わが定遠」と「定遠」に「わが」と付したのは、この戦艦の優秀さと、最後には接収を恥として自沈した、その潔さに共感してのものであったろう。高柳重信は何ごとも首尾一貫する姿勢を愛した人であった。

呼《よ》べど答《こた》へぬ
きのふや
檜野《ひの》や
わが杉野《すぎの》

『山海集』

明治三十四年に始まった日露戦争において広瀬武夫少佐は旅順港閉塞作戦に従事する。旅順港はロシア帝国海軍旅順艦隊が停泊しており、湾口が狭い上に沿岸砲台が強力な要塞であった。

バルチック艦隊がアフリカの喜望峰を経由して日本海に来るまでに旅順艦隊を殲滅しておきたい日本海軍は、湾外に出ての戦闘を回避して安全な湾内にとどまる旅順艦隊に対し、三度にわたる旅順港口の閉塞作戦を行ったが、いずれも失敗に終わった。

三月二十七日、第二回の閉塞作戦において広瀬武夫少佐は閉塞艦福井丸を指揮していたが、敵駆逐艦の魚雷を受けた。撤退時に広瀬は、自爆用の爆薬に点火するために船倉に行った部下の杉野孫七上等兵が戻って来ていないことに気づき、広瀬は杉野を助けるために再び沈み行く福井丸に単身戻って、船内を三度にわたって捜索したが、杉野はついに見つからなかった。やむを得ず救命ボートに乗り移ろうとした直後、広瀬はロシア軍の砲弾の直撃を受けて戦死した。広瀬少佐は戦死した当日に中佐に昇進したのみならず、日本初の軍神として祭られることになる。また、文部省唱歌「広瀬中佐」も作られ、そこには「杉野は何処《いずこ》、杉野は居ずや」という一節がある。

掲句は、その福井丸における広瀬少佐と杉野上等兵の一件を受けての作品で、「呼べど答へぬ」は、広瀬少佐が杉野上等兵を福井丸において捜索した場面を想像してのもの。続く「きのふや」は、単に昨日ということではなく、（昨日のように思える）近い過去の意であろう。

問題は三行目の「檜野や」である。檜野という人物をいろいろ調べたが、日露戦争関係には見当たらなかった。おそらくは「杉野」を導き出すための言葉ではないかと思われる。檜野、杉野という言葉は辞書にないが、檜原、杉原はある。ともに檜や杉の群生している場所のことである。檜野、杉野も同義の言葉として考えて差し支えないであろう。「杉野」に「わが」と付したのは、先の句の「わが定遠」と同様に、広瀬少佐のように軍神にもならず、軍務を遂行せんとして無念にも行方不明のまま、海の藻屑と消えた杉野上等兵に対する思いからである。
『山海集』の句は以上で終わるが、この句集の巻末には「不思議な川」という文章がある。「後記」にそのことに触れているところがあるので引用しておく。

なお、巻末に載せた「不思議な川」という一文は、あらかじめ何の構想も持たず、まったく気ままな姿勢で書かれたものである。たまたま、この書名となっている山と海とを結ぶための川について、漠然とした記憶の迷路を辿りはじめたところ、おのずから奇妙な川の流域が、そこに生まれ出たのであった。
それは、いわば僕の魂の古代史で、幼年の日の僕が、ようやく僕自身の存在に気づきはじめた頃の、しごく曖昧な時間の流れを、しきりと思い浮かべようと努めているうちに、まさに思いがけないかたちで、僕の眼前に出現したのである。

この句集が刊行された前後の高柳重信の活動を追うと、昭和四十八年、「俳句研究」誌上で「五十句競作」の公募を行い、十一月号にその結果を発表した。これまでは誌上全国俳句大会や六人の会など複数の選者で新人の発掘を試みたが、思ったような成果が上がらなかったため、「五十句競作」では重信ひとりが選出を担当することにした。重信没後の昭和五十九年の第十二回（この回は三橋敏雄選）まで続いたが、ここからは多くの新人が登場した。

四十九年十月には『黒彌撒』以後の作品による『青彌撒』を上梓。また、明治書院『近代俳句大観』に「俳句鑑賞（三谷昭・高屋窓秋・富澤赤黄男・三橋鷹女・永田耕衣）を執筆。五十一年三月に『三橋鷹女全句集』を、十二月には『富澤赤黄男全句集』を刊行。同月、現代俳句協会を退会。五十二年三月『山川蟬夫句抄』を上梓。七月、父・市良（黄卯木）没。「俳句評論」二十周年と、それを機に『現代俳句選集』を編集発行。飯田龍太・大岡信・吉岡実とともに立風書房『現代俳句全集』全六巻の編集に当たる。五十三年一月より共同通信社（地方各紙掲載）の俳壇時評を担当。五月、第二評論集『現代俳句の軌跡』を上梓。

最後に日本軍歌集より二句挙げておこう。

吹雪《ふぶ》く
わが日《ひ》の
いのち一《ひと》つや
煙草《たばこ》は二本《にほん》

赤《あか》い夕日《ゆふひ》に
わが時計《とけい》
死《し》す
ああ満洲《まんしう》

松島《まつしま》を
逃《に》げる
重《おも》たい
鸚鵡《あうむ》かな

『日本海軍』昭和五十四年

『日本海軍』は多行表記句集としては第七句集で、昭和五十四年九月に立風書房より刊行された。菊判変形一一四頁。六〇〇部限定。昭和五十一年より五十四年に至る七八句を所収。一頁一句組み。箱入り。定価三〇〇〇円。内容／日本海軍戦列艦名に因む作品―七三句、少年小説の軍艦名に因む作品―五句。散文―富士と高千穂。あとがき―著者。「あとがき」には、この句集について詳しく述べられているので、引用しておきたい。

これらの作品は、日本海軍創設以来の歴代主力艦の艦名を、それぞれ一句に一つずつ内蔵するが、あの日清戦争で丁汝昌の率いる北洋水師を黄海に撃破した「松島」「橋立」「厳島」の三景艦から、かの大戦の末期に太平洋の海底深く沈んだ「大和」

「武蔵」に至るまで、とにかく一等巡洋艦以上の艦種に類別された戦列艦はすべて網羅してある。

ただし、この『日本海軍』は、日本海軍の艦名を内蔵するのみで、その歴史を俳句で忠実になぞろうという意図は持っていないから、かなり恣意的な編成になっている。

また、「新しい歌枕」（昭和五十四年六月七日「読売新聞」・『高柳重信読本』）という一文には、この『日本海軍』の真の狙いについて触れられている。

この句集から「日本海軍」という標題を取り除いてしまえば、そこには私たちが久しく馴染んできた国々の名や山と川の名など、まさに地霊の声を喚起してやまぬような固有名詞ばかりが集められていることになる。そして率直に言えば、そうなることが私の本当の狙いでもあった。それは、いわば新しい歌枕を仕立ててあげてゆくことであった。

思うに、人間の魂の奥ふかいところを揺り動かすような強い喚起力を持つものは、季語にかかわる言葉（季題）だけではない。地名その他の固有名詞にも、時には季題以上に人生の題を暗示するものが少なくないのである。

掲句に戻る。まず、地名としての「松島」は、仙台平野を南北に分ける松島丘陵の東端が海にまで達し、それが沈水して出来たリアス式海岸がさらに進んだ沈降地形で、溺れ谷に海水が入り込み山頂が島として残った多島海である。

いまひとつ、日本海軍の三景艦としての「松島」は、日清戦争及び日露戦争で活躍した防護巡洋艦で、明治二十五年四月に竣工した。四、二一七噸、全長八九・九メートル。清国が保有していた戦艦「鎮遠」と「定遠」（主砲に三〇・五糎連装砲を装備）の二隻に対抗する軍艦として建造されたが、鎮遠・定遠と較べて船体が小さい上に、敵艦より口径の大きな三二糎単装砲を装備するのはぎりぎりだった。そのため砲塔を旋回させると砲身の重みで重心が狂い、砲撃すれば反動で姿勢が変わって進路まで変わる始末だった。同型艦は厳島と橋立であるが、この二艦も同じ砲を積んでいた。こうしてみると、松島とは地理的には沈降地形であり、海防艦「松島」としてはその規模には似合わぬ巨砲を積んでいるなど、ともに安定的した要素からは遠い。「逃げる」はそういった点をふまえた言葉であろう。そして、「重たい鸚鵡」という語は、頭が大きく、ずんぐりとした体つきの鳥というだけでなく、海防艦「松島」のイメージが影響したものとは言えないだろうか。

高柳重信自身はこの句について「この作品は、松島における曾良の一句『松島や鶴に身をかれ時鳥』を意識の底において書かれたというべきであろう」としている。この曾良の句の大意は〈松島にはほととぎすはそのままの姿では小さ過ぎてつりあわない、鶴の姿を借りて優雅に見せてほしい〉というところであろうか。この句を意識の底に書いたという重信の述懐からは、これまでにも触れたように、海防艦「松島」もまた、その名に似ず、定遠や鎮遠と伍するために、その身に余る巨砲を搭載した不格好なさまが、ほととぎすと鶴の姿の違いに通いあうことを意識したかと思われる。

杖下《ちやうか》に死《し》せる
八島《やしま》の
秋《あき》の
大兄《おほえ》らよ

『日本海軍』

「八島」とは、多くの島の意で、ひいては日本の国を指す言葉である。その名を用いた戦艦「八島」は、排水量一二、三二〇噸、一一三・四メートルの富士型戦艦の二番艦である。富士型戦艦とは日本海軍の前弩級戦艦で「富士」と「八島」の二艦があった。ともに英国のニューキャッスルで建造され、明治三十年に竣工した。竣工七年目に日露戦争が勃発し、富士と八島も旅順港攻撃や旅順港閉塞作戦に参加していたが、八島について言えば、明治三十七年に旅順の老鉄山沖で水雷に接触し、ボイラー室や水中発射管室で爆発が起きた。応急処置の後、自力航行により擱座を試みたが、刻々傾斜が増したため投錨、艦旗を下ろし総員退艦し、そのあとに転覆沈没した。同日に戦艦「初瀬」も沈没、日本海軍所有の主力戦艦六隻のうちの二隻を一挙に失うこととなった。

『講釈・日本海軍』（副題は「高柳重信句集口述控帖」、岩片仁次校訂・編集／平成十八年十二月、夢幻航海社刊）という本は、高柳重信のカルチャー・センター西部教室における講義の口述のテープを文章として起こし、復元したものである。その中で重信がこの句について語っているところがある。

そこで何が起きたか、杖下に死せる大兄らに。大兄というのは、これはあの中大兄皇子とか山背大兄皇子とか、大兄という言葉がありますね。皇太子ですね。日嗣の御子を大兄。この当時の歴史をひもとくと、現に大兄らだのが事件に連座して、獄中で殺されている部分がしばしばある。

この一文について、高山れおなは次のように書いている。

ただ、悲劇の主人公として最もよく知られている山背、古人、有馬、大津ら古代の諸皇子は、杖で撃ち殺されたわけではない。杖殺で名高いのは、天平勝宝九年（七五七）の橘奈良麻呂の乱で、首謀者である奈良麻呂はじめ廃太子の道祖王、黄文王、大伴古麻呂ら陰謀の加担者十数名が厳しい拷問に堪えかねて絶命したという。拷問が行われたのは七月であるからまさに「八島の秋」にあたってもいる。

（「八島の秋――高柳重信小論」・『高柳重信読本』）

史実は高山れおなの言う通りであるが、句では「大兄らよ」となっており、その辺はおおらかな書き方をしたということであろう。

「杖下に死せる／八島の／秋の／大兄らよ」なる句と、戦艦「八島」のこととは直接の関係がないとは言え、先の『講釈・日本海軍』より引用した文の終りごろに「杖下に死せる八島の秋の大兄らよ、こういうこともあったなあ、というんですね。そういう悲しい昔の歴史もあった、そういうことを書いたんです」からは、軍艦「八島」の運命も呼応しているかに思われるのは牽強付会でもないだろう。

南無《なむ》
鶴亀《つるかめ》の
浅間《あさま》の爆《は》ねも
空耳《そらみみ》か

『日本海軍』

「浅間」は装甲巡洋艦で、イギリスのアームストロング・ホイットワース社が売却用に見込み生産していたものを購入。進水は明治三十一年、第二艦隊第二戦隊として日露戦争に参加。仁川沖海戦で主力として活躍した。

この句の「南無／鶴亀」には格別の意味はないと思われる。先の『講釈・日本海軍』を見ると「これは危ないときにね、鶴亀、鶴亀ですね、桑原、桑原って言いますね。まあ、簡単にそれを真似ちゃったんです。南無鶴亀、そういうようなおまじないの言葉はないと思いますが、この一句の中に作っちゃったんです、南無鶴亀」と説明されている。

浅間山は群馬県と長野県に跨がる有名な火山で、ランクAの世界でも有数の活火山に指定されている。近くは天明噴火（一七八三年）では火砕流と土石流が発生し、犠牲者一、六二四人に上った。以後も現代に至るまで、小規模の噴火による火山灰の被害は時々起きており、浅間山の爆発は長野・群馬両県の住民にとって大きな関心事であり続けた。その浅間山の爆発の音は遠くまで響く。「浅間の爆ねも／空耳か」には、いまの音は浅間の爆ねであったか、それとも空耳だったのだろうか、という疑心暗鬼の気持ちが表れていよう。「南無鶴亀」という縋るような思いが湧いたとしても何ら不思議ではない。

海《うみ》も
山《やま》も
出雲《いづも》かなしや
紫《むらさき》なす

『日本海軍』

日本海軍における「出雲」は出雲型装甲巡洋艦の一番艦。六六艦隊計画（戦艦六、装甲巡洋艦六）のひとつとしてイギリスに発注されたもので、明治三十一年進水。日露戦争では上村彦之丞提督率いる「上村艦隊」の旗艦として参加して、殿艦を務めた姉妹艦磐手とともに活躍した。

「出雲」は、古代にあっては青銅器を主とする西部出雲と鉄器を主とする東部出雲との二大勢力から出発し、以後、統一王朝が作られ、日本海を中心とした宗教国家を形成したと考えられている。この律令以前の出雲国の影響力は、日本神話の各所に見られる。しかし、やがてヤマト王権に下ることとなり、それが有名な国譲り神話として「日本書紀」などに記されたと考えられる。国譲りの交換条件として建立されたのが出雲大社であり、その祭祀を執り行う出雲国造（北島氏、千家氏）は、天照大神の第二子天穂日命の裔孫として、皇室と同等の血統の長さを誇るのである。

掲句について言うと、歴史の表舞台から下りた出雲は、その格式の高さとは別に、事実上、ヤマト王権からは追放された神のいるところにすぎない。以後の歴史においてもさまざまな苦難の道を辿ることとなった。「出雲かなしや」には、そういう思いが根底にはあるに違いない。しかし、一句においては、それらのことを一応伏せたかたちで、「海も／山も／出雲」も、神話の世界を漂わせながら、紫色をなしており、何となくかなしい感じがすることだと言うのである。

弟《おとうと》よ 相模《さがみ》は 海《うみ》と 著莪《しやが》の雨《あめ》

『日本海軍』

戦艦「相模」は、元は帝政ロシア海軍の旅順艦隊に所属のペレスヴェートという戦艦であり、日露戦争においては黄海海戦に参加している。明治三十七年十二月、日本陸軍からの砲撃によって旅順艦隊は壊滅、ペレスヴェートも旅順港内で沈没した。

翌三十八年、日本海軍に捕獲され、浮揚作業を実施したのち佐世保に運ばれ、後に横須賀にて修理工事を行い、戦艦相模として日本海軍に編入された。大正元年八月には一等海防艦に類別変更されたものの、日露親善のために大正五年四月にロシア側に返還されることになり、艦名をペレスヴェートに戻してウラジオストク港で引き渡された。ところが五月に同港外で座礁し、七月に日本海軍により浮揚された。再び舞鶴工廠で修理を行ったが、大正六年に白海へ回航の途中、ポートサイド北方で独潜水艦U―73が敷設した機雷に触れて沈没。きわめて数奇な運命を辿った艦という他ない。

掲句の「相模」とはいまの神奈川県の大部分を指す旧国名であり、弟に呼びかけるかたちで書き始められている。「相模は／海と」について言えば、相模は相模湾に向かって開かれた土地であると同時に山や丘陵地も多く、著莪の花の咲く場所があっても一向に不思議ではない。その著莪の花に雨が降っているのである。海はその雨越しに、やや靄って見えているのであろう。また、「相模」と「著莪」には韻的に似通った部分があり、これも言葉選びの上で大事な因子となっているだろう。一句の場面に弟がいるのかと言えば、おおそらくいないであろうと思われる。心の中で弟に呼びかけている、そんな感じがする。

それにしても、この句は静かなもの悲しいイメージであり、孤独な人間がふと呟いたような風合いに仕上がっている。それはそのまま戦艦相模の運命にも遠く符合する部分があるように思われる。

鞍馬《くらま》の
百韻《ひやくゐん》
眠気盛《ねむけざか》りの
月《つき》の座《ざ》よ

『日本海軍』

日本海軍で「鞍馬」は巡洋戦艦であり、巡洋戦艦とは装甲巡洋艦から発展した艦種である。大口径砲を装備しているために、戦艦とともに主力艦の扱いを受けた。ただ、戦艦と同等の攻撃力を持ち、しかも戦艦よりも高速力であるが、戦艦が装甲が厚く強いものであったのに対し、防御力は装甲巡洋艦並に装甲も薄く抑えられた。当時の巡洋戦艦の艦名には、「筑波」「生駒」「鞍馬」「伊吹」など各地の山名が用いられている。

明治四十年十月に進水、一四、六三六噸。当初、一等巡洋艦に類別されたが、明治四十五年に巡洋戦艦に変更。しかし、イギリスの超弩級戦艦のドレットノートの出現により、進水時点で既に旧式艦としての性格を帯びた艦であった。第一次世界大戦では、マリアナ諸島及びカロリン諸島の占領支援に従事し、その後、シベリア出兵の支援に用いられたが、ワシントン海軍軍縮条約により廃棄が決定した。

一方、地名としての「鞍馬」は京都北部にある山の名前で、山中に鞍馬寺がある。俗に鞍馬天狗のすみかで、源義経が武技を練習したと言われている。そういうさまざまな歴史の厚みを持った「鞍馬」なる地名への挨拶の気持ちがある。「百韻」とは、連歌・俳諧の基本形式で、発句から挙句までの一巻が百句あるもので、なにぶんにも長いために蕉風の時代に至って歌仙形式の三十六句が中心となっていく。

句意は、俳諧連歌が好きな人達が鞍馬山のどこかに集まって「鞍馬の百韻」をやっているのである。百韻はともかく長い時間がかかるため、そのうちに夜も更けてきて、ちょうど、何度目かの月の定座が回ってきた頃には、参加している誰も彼も「眠気盛り」であったというのである。「眠気盛りの／月の座よ」である。

短筒《たんづつ》を
魂《たましひ》と抱《だ》く
此処《ここ》
薩摩《さつま》

『日本海軍』

「薩摩」という戦艦は、日露戦争中の明治三十七年、日本という国が独自に設計し建造することになった。これは西欧列強にとっては驚異的で、無事に進水できるかどうか注目されていたが、明治三十九年十一月に無事に進水。排水量一九、三七二噸で、主砲は三〇・五糎四五口径連装砲各一基と両舷に二五・四糎四五口径連装砲各三基を搭載した弩級戦艦に肉薄する砲力を持っていた。姉妹艦に安藝がある。

大正三年に第一次世界大戦に参加したが、大正十二年にはワシントン軍縮条約により薩摩の廃艦が決定され、翌年九月に房総半島野島崎沖で戦艦日向と金剛の実艦標的として使われ、沈没した。

掲句については、『講釈・日本海軍』にかなり詳しく、この句の出来たいきさつなどが書かれているので、それを引用しよう。

短筒を己が魂の如く懐に抱いている、此処は薩摩である、といっているんですね。ま、こういう作品、書いているときっていうのは、その時、その時にね、読んだ本とか、あるいはですね、テレビの連続物なんかっていう、こう影響があるんですね。どんなイメージで作ろうかな何（誤）ていうときに、ひょいとこう、入ってくるんです。多分、短筒を魂と抱く此処、薩摩っていうのは、ああ、大河ドラマで坂本龍馬かなんかやっている時じゃないかと思いますね。これ、何となく坂本龍馬のイメージがあるんですね。短筒を魂と抱く此処薩摩、まあ、その坂本龍馬というのは幕末の闘士ですが、立派な人ですね。長州とか薩摩とかを、そこらじゅう馳せ回って、薩長連合を成立させたりして、多分、その薩摩を訪れたことを思い出したのかも知れませんね。

この句は「短筒を／魂と抱く」の冒頭部分において夕音をたたみかけ、四行目の「薩摩」も含めれば、各行の最初はAの母音で共通している。ただ、三行目が「此処」という指示代名詞で音もOの母音で、他の行の母音とは無縁である。そこに、逆に場面を鮮やかに展開させる効果が導き出されたように思われる。

夜《よ》をこめて
哭《な》く
言霊《ことだま》の
金剛《こんがう》よ

『日本海軍』

「金剛」は巡洋戦艦で、日露戦争終結後二年の明治四十年に建造が決定されたが、イギリスが明治三十九年にドレットノートを完成させて、戦艦の進歩は飛躍的になり、超弩級戦艦ライオン級が計画されるに至り、金剛を超弩級巡洋戦艦として建造すべく計画を変更し、日本以上の造船技術を持つイギリスのヴィッカースに発注。イギリスに発注された最後の主力艦となった。

進水は大正元年五月。排水量二六、三三〇噸、全長二一四・六メートル。三五・六糎四五口径単装砲四基、一五・二糎五〇口径単装砲十六基。艦名は奈良県と大阪府の境にある金剛山から命名され、太平洋戦争でも活躍した。

この句だが、「金剛」についての高柳重信の解説（『講釈・日本海軍』）を引用する。

金剛というのは、あの金剛石。ほんとうはこれ、巡洋艦の名前は金剛山からとったんですが、金剛よ、と置いてしまうと、ええ、金剛山でもあるし、金剛石の金剛ですね。それから仏教用語で金剛。こう非常に、何ていうかな、鍛えに鍛えられた、壊れない金剛不壊というようなね、そういう意味合いをこの金剛という言葉は持っているわけですね。だから言葉の金剛というと、言葉の鍛えに鍛えた金剛というふうな意味合いに、この句の場合は読めますね。完璧なる言葉のという意味ですね、鍛えに鍛えぬいた言葉の言霊がいて、それが夜をこめて哭いている、ということですね。

重信はこのあとに「これはひとつの普遍図式化した表現」であると書いているが、「夜をこめて／哭く／言霊」からは、人間の一生を左右しかねない、あるいは憂慮すべき出来事に際会した時などに、それを象徴するような言葉が念頭を離れずに凝集した状況が書かれていると言ってよく、それが「言霊の／金剛よ」に至って極まったことが指し示される。このような事態に対する想像力は読み手ひとりひとりの中で異なるが、少なくとも人間生きてある限り、こういう思いと無縁である人は少ないに違いない。

腹《はら》割《さ》いて
男《をとこ》
花《はな》咲《さ》く
長《なが》門《と》の墓《はか》

『日本海軍』

戦艦「長門」は、大正六年八月に八八艦隊計画の第一号艦として広島の呉海軍工廠にて起工され、大正八年に進水した。排水量三九、一二〇噸、全長二二四・九四メートル。主砲は実口径四一糎で、当時の戦艦の中では非常に高速であった。完成後に連合艦隊旗艦となり、その任を「陸奥」と交代で務めた。「大和」「武蔵」が登場する前の戦前と戦中には、長門と陸奥こそが日本海軍を代表する戦艦として国民から親しまれた。敗戦後は米軍に接収され、原爆実験の標的艦となり沈没した。

「長門」とは長州のことで、今の山口県である。幕末の時代は薩摩や土州（高知県／ここの藩は佐幕派であったので、志士はみな脱藩した）と同様に勤皇派の志士を数多く輩出した。京都では朝廷を巡って佐幕派と勤皇派の争いが絶えなかったが、次第に長州が京都で長州に賛同する公家を抱き込み、倒幕計画をたてる。長州の計画を知った薩摩は一時的に佐幕派の会津藩と手を組んで長州を攻めた。薩摩にとって長州の独走が許せなかったのである。そのため、長州は長州を支持する公家の三条実美ら七名とともに京から追い払われた（いわゆる七卿落ち）。

時代状況が変わるごとにその責任を負って腹を切った志士は数多い。「腹割いて／男／花咲く」から想起される志士として、たとえば久坂玄瑞を想起してみる。久坂玄瑞は吉田松陰の松下村塾で兵学を学び、元治元年に長州藩が形勢挽回のために京に出兵した折に参加し、会津をはじめとする諸藩の兵と戦った（禁門の変）が敗れ、久坂玄瑞（二十四歳）は自刃した。政局的には捨て石同様の死にほかならなかったとも言えるが、幕末の志士にはそういった人が数えきれぬほどおり、明治維新まで生き残った志士はほんの僅かであった。そういう累々たる志士たちの死の上に明治政府は築かれたのである。

したがって、「腹割いて／男」まではともかくとして、果たして「花咲く」結果を招いたかどうかは微妙だが、高柳重信は新しい時代を招来するためには彼らの死も無駄ではなかったということを言いたかったのだと思われる。久坂玄瑞は吉田松陰に愛された俊秀であったが、地元のみならず、いまなお愛されている存在でもある。

木《き》の原《はら》を
迷《まよ》へば
紀伊《きい》や
秋《あき》のくれ

『日本海軍』

八八艦隊のことは先にも触れたが、これは日露戦争後の日本海軍の国防指針として打ち出されたもので、第一次世界大戦の戦争景気による経済成長を背景にしている。大正から昭和にかけての戦艦八隻と巡洋戦艦八隻を根幹とした大艦隊整備計画だった。ただ、第一次世界大戦後の西欧列強国間により締結されたワシントン海軍軍縮条約により、この計画は破棄（一部には既に完成したものや工事中の艦船あり）を余儀なくされた。「紀伊」「尾張」「近江」「駿河」などの戦艦は、そのために建造されなかったのである。

掲句について、再び『講釈・日本海軍』から引用しておく。

今迄のはどうしてもね、その戦争を戦って、軍艦の運命が判っていますから、なんとなくね、軍艦と離れて、その地名だけのイメージを作るんだとは言いながらも、入っちゃうんです。今度は、まあ違うんですね。（中略）

こう、あそこなんか雲海ケ原ですか、大変な自然林か何かあってね。山ですからね、紀伊は。そういうイメージから考えましてね。林、森といわないで、木の原といったんですね。「木の原を／迷へば／紀伊や」とこうきましてね。森や山でちょっとあそこには入れませんから、原ですね。でも、とにかく、やはりすんなりと行けず迷ってしまう。紀伊の木の原をあちらに迷い、こちらに迷いしていると、しみじみ此処は紀伊だなあと思うと。紀伊というのは、本来、木の国からきたんですから。初めはこういう字だったんですね。「迷へば／紀伊や／秋のくれ」とこういうことです。なんとなく俳諧的な雰囲気ですね。

木の原を迷うことから、紀伊の国の成り立ちまでを想像している。「秋のくれ」は単に情緒的な、しみじみとした感じを誘うためだけに選ばれた言葉と言うよりは、多分に「木の原」「紀伊」のキ音に呼応するかたちで「秋」が選ばれたのであろう。と同時に「木の原」や「紀伊」には、いかにも「秋」が映えるようにも思われる。

又聞《またぎき》
なれど
天城《あまぎ》の
天狗倒《てんぐだふ》しかな

『日本海軍』

「天城」は、八八艦隊の巡洋戦艦で天城型として四隻（天城、赤城、高雄、愛宕）が建造途中であった。しかし、例のワシントン海軍軍縮条約によって、二隻が破棄され、二隻は航空母艦に改装が検討されたものの、「天城」は関東大震災により被災、修復が困難と判断され、そのまま解体された。その中では航空母艦として「赤城」のみが完成し、太平洋戦争の緒戦で活躍した。

掲句の「天狗倒し」とは、〈天狗のしわざのように、原因不明で突然暴風のようなすさまじい音がして、ものの倒壊すること〉と辞書にある。「又聞／なれど」は、人づてに聞いたことではあるけれどもの意で、真偽のほどはわからないが天城で天狗倒しという災難があったようだ、ということであろう。高柳重信は「山河の艦名借り……」（昭和五十三年二月十八日「産経新聞」／『高柳重信読本』）という文章でこう書いている。

この句は僕の恣意的な想像力の所産なので、実際に天城山中で天狗倒しがあったかどうかは知らない。しかし、あとで気づいたことであるが、軍縮条約締結により航空母艦に改装中の天城は、突然おそった関東大震災のため崩壊し、遂に廃棄されたのであった。

那智《なち》に置《お》く
名無《なな》しの
汝《なれ》や
閑古鳥《かんこどり》

『日本海軍』

「那智」は重巡洋艦で、妙高型重巡洋艦の二番艦である。大正十三年十一月、呉海軍工廠にて起工し、進水は大正十五年六月。「那智」は最新鋭一万トン級巡洋艦として紹介された。昭和四年五月下旬から六月上旬にかけて東京（横須賀）、八丈島、大島、和歌山、大阪、神戸、東京（横須賀）を昭和天皇が行幸することになり、そのお召し艦として「那智」と戦艦「長門」が指定されるという栄誉を受けた。その後は第一次世界大戦、太平洋戦争で各地に転戦し活躍したが、敗色濃厚となりつつあった昭和十九年のレイテ沖海戦の後、マニラ湾近くで米空母レキシントンの艦載機の空襲と敵艦船の魚雷攻撃を受けて沈没した。

掲句の「那智」とは、熊野三社のひとつである熊野那智大社と那智の滝があり、青岸渡寺がある地域である。この句「那智に置く／名無しの／汝や」の「名無しの・汝」とは何であろうか。人と言わず、何ものにも名前は付けられているものであろう。したがって、本当に名前がないということは考えにくく、世間的に名前を公表しないでいる、あるいは隠しておく必要がある、そういったケースが考えられるがどうであろう。しかも「那智に置く」のである。ここからは現代のことと言うよりは、昔、それも江戸時代などに例の多い、正妻とは別の所に女がいて時折通っている、少しは世には知られたる人物などが思い浮かぶ。表沙汰になっては面倒とばかり、身辺の者以外には名前を伏せて、「那智」に囲っているような場面が想起される。「那智」と言えば古来より参詣者は多いが、それでも少し外れれば「閑古鳥」が鳴くような、寂しい所であっただろう。そんな所に居る女を思い遣る風情が偲ばれる。

因《ちな》みに
言《い》へば
鳥海《ちょうかい》は
血染《ちぞめ》の父《ちち》か

『日本海軍』

「鳥海」は一等巡洋艦で、高雄型の四番艦である。艦名は秋田・山形県境の鳥海山に由来する。「鳥海」は昭和三年三月に三菱造船長崎造船所で起工、昭和六年四月五日に進水。昭和十二年に日中戦争が勃発、第四船隊に属し旅順を拠点に黄海沿岸での作戦支援に当たった。太平洋戦争開戦時、マレー半島侵攻支援に参加したのをはじめ、南方戦線を巡って活躍するも、さんざんに被弾し大破した結果、駆逐艦藤波の魚雷で処分された。

鳥海山は活火山で、出羽富士と称されるように単独峰に近く、標高も二二三六メートルの高山である。日本海に接しているために、何にも遮られることなき姿をしている。

「因みに／言へば」とは、〈それに関連して〉〈ついでに〉言うならばということであり、幾つかの見方があるものの、敢えてその中から選んで言うならば、ということでもある。

その鳥海山を「血染めの父か」とはどういう場面かと言えば、雪の鳥海山を日本海に沈む夕日が赤く染め上げた姿であろう。言うまでもなく、鳥海山は四季や天候等によって様々な魅力的な姿を見せるであろう。にも関わらず、敢えて言えば夕日が赤く染めた雪の鳥海山であり、それを「血染めの父」に模している。

「血染めの父」には高柳重信世代を最後とする特有の父親像の反映があるだろう。当時は徴兵制度があり、戦場で血に染まる姿もあろうし、家族を身を挺して守るために血染めになるのを厭わぬのも、また、父親の姿としてあるだろう。父という存在に侍の姿を重ねているかもしれない。そういう父性の象徴として鳥海山を見ているのである。「血染めの父か」の「か」は、単なる疑問形ではなく、「因みに／言へば」という上句を受けて、列挙した中から選ぶ意を表す並列助詞かと思われる。

熊野《くまの》なるかな
樟《くす》の木《き》
九九《くく》を
唱《とな》へてやまず

『日本海軍』

「熊野」は一等巡洋艦で、最上型の四番艦である。「熊野」は昭和九年四月に起工され、昭和十年十月に進水。はじめは二等巡洋艦（軽巡洋艦）であったが、主砲を一五・五糎から二〇・三糎に換装して一等巡洋艦（重巡洋艦）となった。太平洋戦争開戦期より南方戦線に参加したが、昭和十九年に甚大な被害を受けた「熊野」は日本に帰還するため、マニラから台湾に向けての航行中にさらに攻撃を受けて沈没した。

本題の「熊野」に戻ると、熊野のクマの語源は、辺境を意味する「隈《くま》」であるとされている。また、「クマ」は「カミ」と同じ語で、クマノは「神の野」に通じる地名とする説もある。昔の人々はここが死者の国であると考え、熊野は隠国《こもりく》、すなわち祖霊がこもっている根の国とも見なした。以下、『講釈・日本海軍』より抽く。

まあ、何となく開けた感じでなく半文明的なね、ニュアンスですね。これは古代史などにも、熊野の大神というのが出て来るくらいだし。それに熊野神社に、昔、女が起請文ですね、絶対にあなたに背きませんなんて。女の人だけじゃなくて侍もそうですが。過ちがあっても熊野の起請文ですからね、破って出奔出来ないというところで、熊野は何となく自然、反自然、超自然的なね、力ですね、持っているイメージがあるんですね。熊野は日常次元じゃない。だから、まさに「熊野なるかな」。

と言って、樟の木が九九を唱えている場面。生えている樟の木が、こう、いんいちが一、ににんが四、とやっているというんですね。これは古事記に、何ていうのかな、葦原の国が乱れて来ると、草や木がね、言葉を喋りだすというのがあります。大変怖いことなんですが、熊野はね、樟の木が九九を唱えだす怖い処ですよといって、「熊野なるかな／樟の木／九九を／唱へてやまず」。

この句は難解であったが、「古事記に（中略）葦原の国が乱れて来ると、草や木がね、言葉を喋りだす」ということを知らなければ理解が及ばない一句であろう。

海彦《うみひこ》も畳《たたみ》を泳《およ》ぐ嗚呼《ああ》高千穂《たかちほ》

『日本海軍』

「高千穂」は平田晋策の少年小説『新戦艦高千穂』（昭和十一年刊）に描かれているもので、かつての日本海軍には存在しない戦艦なのである。

「海彦」とは海幸彦のことで、「日本書紀」の山幸彦との物語がある。山幸彦は弓をもって山で狩猟を行い、海幸彦には釣針があり海で漁をして暮らしていた。はじめ兄弟で語り合い互いの猟具を交換して、山幸彦は魚釣りに出掛けたが、一匹も釣れないばかりか釣針を海に失くしてしまう。海幸彦も何も捕れず、結局猟具を元に返すことになったが、釣針を失くした山幸彦がそれを海幸彦に告げると、海幸彦は承服せずに責め、取り立てた。山幸彦は自らの十拳剱から千の釣針を作ったが、海幸彦は元の釣針が欲しいとして受け取らなかった。山幸彦はその後、さまざまな経緯があって綿津見神（海）の宮殿に行き、釣針を手に入れるという話だが、山幸彦をさんざん困らせた海幸彦は、そのことによって結局は隼人族の祖となり宮門の守護をし、一方、山幸彦は神武天皇の祖父になったという。
「海彦も／畳を泳ぐ」とは、海を失い宮門の守備をしている海彦の、畳を泳ぐような失意にあるという境遇に寄せて、「嗚呼／高千穂」として、「新戦艦高千穂」にも同様の運命を見ているということであろうか。

雪《ゆき》しげき
言葉《ことば》の
富士《ふじ》も
晩年《ばんねん》なり

『日本海軍』

これも平田晋策の少年小説『昭和遊撃隊』に出ている「空中戦艦富士」を契機とした一句である。この「空中戦艦富士」のことなどを、これも『講釈・日本海軍』から引用しておこう。

この富士というのはね、さっきいった、その富士連山ではない、高千穂ではないんですね。これはね、日本海軍の富士というのが前の方に出て来ますが、これは本当にあった戦艦なんです、一等戦艦ですね。こう戦艦武蔵と比べられるようなね、我が国初の本格戦艦で、日露戦争の頃にこの富士というのがあったんですが、これは違うんですね。さっきいった平田晋策の小説ですね、『昭和遊撃隊』。子供の頃の小説のわけね。こう途中から空を翔ぶんですね。これは潜水艦だと思うと、こう。すわ、一大事ということになると、空中に翔び上がる、空中戦艦になっちゃうんです。いろんなことが出て来るんです。空に舞い上がり、空中を翔んで、これがヒントになるんですね。（中略）

「言葉の／富士」っていうのは、いったい何だろうというと、これも考えようによるんですね。たとえばこの、美事な俳句、なんて言うのはね、案外、言葉の富士って言えるんです。描かれた絵の富士っていうのもあるけれど、言葉の富士もあるんですね。（中略）まあ、私などは、今刻々染まりゆく晩年で、嗚呼、言葉の富士、と言ったんです。

「美事な俳句」が「言葉の富士」だというのは、美事な俳句は、また、言葉の最高峰であるということを言っているのである。前掲文で高柳重信は自身の晩年を言っている。この講義をしている当時（昭和五十八年一月）、重信はちょうど還暦を迎えたばかりであり、晩年の意識を持つには未だ早い感が否めないが、若い頃に宿痾として結核を病み、幾度も再発したことなどが響き、切実な感覚としての晩年が重信にはあったと思われる。事実、この半年後に急逝している。そういう晩年意識を現実の富士に依拠するのではなく、言葉の「富士」として捉え、「雪しげき」さまを添えつつ「言葉の／富士も／晩年なり」と纏めたのである。

「言葉の／富士も／晩年なり」だけでは観念的になりかねないところを「雪しげき」の一行が世界を広げ、一句を鮮明なかたちに収斂させている。

『日本海軍』の作品中、他にも取り上げたかった句があるので、最後に掲げておく。

朝日《あさひ》
田毎《たごと》に
能登《のと》の輪島《わじま》の
わ大尽《だいじん》

＊

一夜《ひとよ》
二夜《ふたよ》と
三笠《みかさ》やさしき
魂《たま》しづめ

＊

見《み》たな
見《み》たなの
磐手《いはて》の鬼《おに》を
見《み》にゆかむ

*

匹夫《ひつぷ》も逸《はや》る
飛雪《ひせつ》の
比叡《ひえい》
はじまりぬ

*

赤城《あかぎ》
按《あん》じて
雨曝《あまざら》しなる
歌論《かろん》ひとつ

如何如何《いかがいかが》と
伊吹《いぶき》は
雪《ゆき》の
問《と》ひ殺《ごろ》し

*

一睡《いつすゐ》の
夢見《ゆめみ》や
伊勢《いせ》の
いかのぼり

*

鈴谷《すずや》
細《ほそ》りて
睡魔《すゐま》を宿《やど》す
素手素足《すですあし》

『日本海軍』刊行後の高柳重信の活動を見ていく。昭和五十五年三月、それまで俳句評論社のあった渋谷区代々木上原から杉並区天沼三丁目に移転。五月、神戸六甲荘での永田耕衣傘寿記念シンポジウム「永田耕衣の世界」で司会をつとめる。出席者は永田耕衣、吉岡実、多田智満子、高橋睦郎、三橋敏雄、鈴木六林男、桂信子、飯島晴子、赤尾兜子等二十名。六月、『山川蝉夫句集』上梓。昭和五十六年一月、角川書店版の『増補現代俳句大系』第十四巻に『青彌撒』全作品が収録さる。

昭和五十七年一月、「現代俳句」別冊の「高柳重信―さらば船長―①」（南方社）を刊行。三月、「俳句研究」は「特集・高柳重信」を発行。九月、河出書房新社版『現代俳句集成』第十巻に『蕗子』（初版本）収録。十一月、「俳句評論」二十五周年記念行事として同人による『現代俳句論叢』を編集刊行。

昭和五十八年五月、「俳句研究」創刊五十巻祝賀会と重信編集長就任十五年及び還暦を祝う「高柳重信を励ます会」が新宿のホテル京王プラザで行われる。七月八日、肝硬変のため東京衛生病院（杉並区天沼）にて永眠。

『日本海軍』に続いて、「『日本海軍』補遺」を取り上げようと思うが、これは単独の句集として上梓されることはなかった。この「『日本海軍』補遺」は『日本海軍』と同様に一等駆逐艦の艦名を詠み込んでいるのだが、今回は尻取りの形式で書かれている。この作品が「俳句研究」に発表された時点で一部から批判的な意見が出たという。実は、これに異を唱えたのは加藤郁乎であった、と重信から聞いている。句集として上梓しなかったのはそれが唯一の理由とは考え難く、いろいろ勘案した結果だったであろう。

峯風《みねかぜ》
絶景《ぜつけい》
十六夜《いざよひ》
秘曲《ひきよく》・百済琴《くだらごと》

『日本海軍』補遺

「峯風」が一等駆逐艦の艦名である。大正九年五月、舞鶴海軍工廠で竣工。佐世保近海警備に当たったほか、主にトラック島方面への船団護衛に従事。

昭和十九年二月、敗色濃くなりつつあった南太平洋から日本へ戻る途中、台湾沖にて米潜水艦ポーギーの魚雷攻撃により沈没した。

この句、「峯風／絶景／十六夜」と繋ぐが、ここまでの言葉の運びは、それほど展開の妙を見せたものとはなっていない。だが、「秘曲・百済琴」の最終行に至り、一種想定外の展開を見せる。「秘曲」といい「百済琴」といい、「峯風／絶景／十六夜」が見せている日本の風土に培われた美意識を一気に古代朝鮮の文化と照応させて、一種不思議な気配を漂わせている。「百済琴」とは箜篌《くご》と同じで、古代の中国、朝鮮、日本などに行われた弦楽器でハープやチターに似る。曲形の枠に二十一～二十三本の弦を張り弾奏するという。それによって演奏された秘曲とはどういうものであったか、想像を誘う。

夕風《ゆふかぜ》
絶交《ぜつかう》
運河《うんが》・ガレージ
十九《じふく》の春《はる》

『日本海軍』補遺

「夕風」は大正十年八月、三菱長崎造船所で竣工。大戦中は主力部隊警戒隊として待機のまま、無事に終戦を迎える。昭和二十二年八月、戦時賠償艦としてイギリスに引き渡された。

この「『日本海軍』補遺」は「峯風」より始まって、「沢風」「島風」「灘風」から「谷風」まで十の風の名前の艦名が並ぶ。ということは、次に始まる言葉が全て「ぜ」で始まるということで、当然、言葉の選択の範疇が狭くなる。この種の制約は、まだあって、

「睦月」「如月」など月のつく艦名も九つあり、次にくる言葉は「き」で始まる言葉でなければならなかった。こうした尻取りの特有の制約を、しかし、高柳重信はあまり意に介していないかのように、いずれの句においても闊達な展開を見せている。

それにしてもこの句は、やや異色と言ってよく、「夕風／絶交」という思いがけない進展を見せながら、続いて「運河・ガレージ／十九の春」と都会の下町の雰囲気を思わせる光景と、そこに暮らす少年を描いている。この「少年」は誰の記憶の中にもあるものに違いない。多感な世代のふとしたことによる感情の行き違い（「絶交」）と、それに起因する葛藤が潜んでいるのである。

霜《しも》月《つき》
北《きた》窓《まど》
同《どう》姓《せい》・射《い》手《て》座《ざ》
残《ざん》夢《む》・無《む》比《ひ》

『日本海軍』補遺

「霜月」という駆逐艦は、昭和十九年三月、三菱長崎造船所にて竣工。建造中に舞鶴工廠からのボイラーの配送待ちで工事が遅延してしていたところ、回航されてきた秋月に本艦の艦首を移植したため、工期はさらに遅延した。その後にマリアナ沖海戦、エンガノ岬沖海戦に参加したが、昭和十九年十一月、船団護衛中に米潜水艦の魚雷攻撃を受けて沈没した。

掲句は「霜月／北窓」と書き起こされる。陰暦の十一月と言えば、もう冬である。昔のことであれば北窓は、もしかしたら目張りが施されているかもしれない。ここで「同姓・射手座」とくる。同性ではなく「同姓」、つまり同じ名字だというのである。「射手座」は十一月二十二日から十二月二十一日生まれの人の星座で、独立心旺盛で理想の高い人が多い傾向にあるという。そして最後には「残夢・無比」と締め括られる。「残夢」は見残した夢とか目覚めてなお残る夢心地の意味があるが、ここでは前者と取りたい。しかもそれが「無比」、比ぶるもののないほどのものだ、というのである。この一句を通して表れるものは、男（と考えたい）同志の強い絆と、ある程度年齢を重ねて、なお尽きせぬ志を抱いているさまが浮かぶ。たとえば、同姓でもないし、射手座でもないが、高柳重信と本島高弓の関係などが連想されるのだが、いかがであろう。

敷波《しきなみ》三十路《みそぢ》
持薬《ぢやく》・繰言《くりごと》
灯台守《とうだいもり》

『日本海軍』補遺

「敷波」は駆逐艦で吹雪型（特型）の十二番艦。舞鶴工作部で建造。磯波、浦波、綾波と第十九駆逐隊を編成した。日中戦争に際しては昭和十二年、上海、杭州湾上陸作戦に参加。太平洋戦争では南方進攻、ミッドウェー海戦、ソロモン諸島、ニューギニアの諸作戦に参加。その後、南方で海上護衛、哨戒活動に従事した。

昭和十九年九月、ヒ72船団の護衛に協力して内地へ向かう途中、海南島東方で米潜水艦グロウラーの水雷攻撃を受けて沈没した。

高柳重信が急逝したのが昭和五十八年七月ということはすでに記したが、その月の半ばには重信が最後に編集した「俳句研究」八月号が発行されている。その号にはちょうど、掲句を含む「『日本海軍』補遺その二」が掲載されていた。このことを踏まえて、掲句について林桂は「個人的に読むと胸が痛むものであった」として、以下のように書いている。

いわゆる「尻取り俳句」で、言葉の尻を追うことで、逆に言葉の飛躍と解放を図ろうとする方法であり、重信にあっては甘ったるい抒情性を断ち切る方法としても意識されていたのであろうが、このように尻取りで選ばれてくる言葉の全体を見ていると、僕などはむしろ重信の抒情の強さを感じてしまうのだが、それにしても「三十路」と「繰言」とは何なのか。言葉の「尻取り」のみによって、イメージを解放し、抒情を解体しようとして作品行為に向った時に、その中にはいったい何が流れ込んでくるのであろうか。断片すなわち〈単語〉としてしか登場が許されず、その正体が判りにくい分だけ、その中に日常を始めとするあらゆるレベルのものが流れ込んでくるに違いないのである。そして半ばは書き止めた作者にとっても、その単語の出所のレベル正体が明確にされないまま出現するのに違いないのである。もっともそれ故に〈作者〉が何者であるか正体が判るという逆説も可能ではあろう。

（「高柳重信私論」・『船長の行方』）

一句が「尻取り」の場合、単語以外の一切が省略されるために、単語と単語の関わりは読者に一切が委ねられ、膠着言語特有の助詞や助動詞の働きによって、微妙な調整を施すことができない。「日常を始めとするあらゆるレベルのものが流れ込んでくる」と林桂が書いているのは、そのことなのである。他の作品を少し挙げておこう。

島風《しまかぜ》・絶壁《ぜっぺき》
汽笛《きてき》
帰去来《ききよらい》
紙鳶《いかのぼり》

＊

長月《ながつき》
去来忌《きよらいき》
狐《きつね》・猫又《ねこまた》・狸《たぬき》
霧《きり》

如月《きさらぎ》
ぎしぎし
思春期《ししゆんき》・旗亭《きてい》
入日《いりひ》・悲歌《ひか》

＊

夕暮《ゆふぐれ》
冷雨《れいう》
埋火《うづみび》・微熱《びねつ》
継煙管《つぎきせる》

初蝶や馬上ゆたかといふ言葉

『山川蟬夫句集』
昭和五十五年

『山川蟬夫句集』は、一行書きの作品を集めて出された句集であり、若い頃の『前略十年』以来の一行書き作品集である。多行の句集を含めて、九冊目の句集となる。昭和五十五年三月に俳句研究新社より刊行された。Ａ５版一〇二頁。二二八句所収。一頁三句組。軽装、箱入り。頒価二五〇〇円。内容／春、夏、秋、冬—各三六句、雑—八四句。あとがき—著者。

実はこれには先行する『山川蟬夫句抄』があり、これは歌人であり、高柳重信とも親交のあった塚本邦雄が企画・編集したものである。昭和五十二年三月、湯川書房刊。菊判四四頁。限定三〇〇部。昭和四十三年より五十年に至る一行作品一〇〇句を収録。定価は三〇〇〇円。内容／春—二二句、夏—一七句、秋—一七句、冬—一七句、雑—二七句。「あとがき」—高柳重信。「パトスのかなかな『山川蟬夫句抄』」—塚本邦雄。

以上がその内容ではあるが、塚本邦雄が選んだ現代俳人十名の、同じ装幀の叢書の中の一巻で、収録句数も百句に限定されていた。句数があまりに少なく、しかもシリーズとして一括販売されていて、一般には手に入りにくいことを考慮し、そこでさらに新作を加えることで、ほぼ句数を倍増し、『山川蟬夫句抄』の増補新訂版として刊行されたのが『山川蟬夫句集』であった。

この句集の成立事情に関して高柳重信は次のように書いている。

十数年前、たしか句集『黒彌撒』を上梓した頃から、しばらく俳句を書く習慣をなくしてしまったことがある。（中略）もちろん、俳句形式については、いつも思いをめぐらしていたが、にもかかわらず、当時、僕の胸中に兆しはじめた俳句の大半は、その発想の段階において、すでに昨日の僕の手で書き終ったものの繰り返しのように感じられたので、実際にペンを執って文字を書く以前に、いまだ構想を練るにも至らないまま、たちまちに放棄されていったのである。（中略）

そこで僕は、ただ単に俳句を書く習慣を回復するだけのために、ときおりペンを執ることを心がけるようになった。すでに俳句形式が知り尽くしている技術のみを使って、発想と同時に瞬間的に書き切ってしまうという試みが、それであった。その多くは、友人たちが集まる月例句会の席上で、一句について五分以上は考えないという制約を厳密に守りながら、ここ十年ほど継続して試みられてきたものである。

（「あとがき」・『山川蟬夫句抄』）

その「俳句評論」月例句会の記録の一部が保存されていたことから、多少の整理を加えて「このような安閑とした句集が出来あがった次第である」と、先の「あとがき」は結ばれている。

掲句の、「馬上ゆたかに」という表現は、かつて時代小説や講談などで、しばしば目にし、耳にしたことがある。言葉の意味は、ゆったりと馬に跨がっているさま、である。明治十年の西南戦争の激戦地であった熊本県の田原坂を題材とした有名な民謡に、

雨は降る降る人馬は濡れる、越すに越されぬ田原坂
右手《めて》に血刀左手《ゆんで》に手綱、馬上豊かな美少年

なる一節がある。これも私が子供の頃、よく聞いた歌である。

いまではあまり使わない「馬上ゆたか」という言葉だが、そこに「初蝶」を配したのは見事であろう。軽やかに舞う初蝶を思い描きつつ、「馬上ゆたか」なる言葉の、懐深い趣を味わっている。

軍艦が軍艦を撃つ春の海

『山川蟬夫句集』

掲句であるが、一見、単純な構図より出来上がっている句だが、逆にこの句ではそれが生きていると思われる。「軍艦が軍艦を撃つ」とは、海戦では当然の戦闘場面だが、どことなくのんびりした感じがする。そこに加えて「春の海」であるから、余計、その感が深まる。これは江戸幕末か明治時代の海戦を思わせる。この度の世界大戦のように艦載機の爆撃や潜水艦の魚雷などが、まだ登場しない時代の、あまり忙しい海戦ではないだろう。「軍艦が」「軍艦を」「撃つ」「春の海」の語の運びに一切の無駄や曖昧さがない。「すでに俳句形式が知り尽くしている技術のみ」とは言うものの、決して凡庸な句ではなく、品位さえ感じられる。『山川蟬夫句集』には秀れた句が散見できるが、これはその一つと言っていいと思う。

山は即ち水と思えば蟬時雨

『山川蟬夫句集』

「山は即ち水」は、言い切っている割には、一読してわかりにくいフレーズである。しかし、「着想と同時に書き切ってしまう」という山川蟬夫としての書き方は、どうしても直観というものに頼りがちになり、思惟による確認や裏付けが十分ではなくなるということになる。

「山は即ち水」について、別の見方をすれば、島国である日本は隣国の中国や韓国と異なり、照葉樹林も多く、しかもモンスーン気候で雨量も多く、年間を通して湿潤な風土であるということが挙げられる。

たとえば、中国から韓国に伝わった製鉄の方法は、ヨーロッパが古代から鉱石を利用して行われていたのに対し、アジアでは鉱石に拠らず砂鉄を収集することによって起こった。製鉄のための踏鞴《たたら》は燃料として莫大な木炭を消費する。その影響で野の木と言わず山林が次々と伐採されたが、韓国では日本のようにすぐに樹木が育たず、やがて禿山だらけとなったという。そのため韓国の製鉄業者は木炭不足で鉄が作れなくなり、新天地を求めて日本の出雲を中心とする地に渡って来て、鉄製品を生産し続けたという事実がある。鉄鉱石はそれを埋蔵する山は限られているのに対し、砂鉄はほとんど場所を選ばないのである。

それはともかく、照葉樹林は地面に多くの葉を散らせ、それがやがて腐葉土となって山から雨や雪解けの水を直ちに流してしまうことなく、水源涵養林と言われるように土が多くの水を溜め込んでおく機能を持っている。そのために樹木が繁茂しやすいということがある。このことを思えば、「山は即ち水」という言葉も、あながち理解できないこととは言えないであろう。

続く「と思へば蟬時雨」に関しては評価は分かれるかもしれない。特に「と思へば」は特異な例を除けば、俳句表現の禁忌とされる用語である。しかし、ここではさらりと言い納めておきたいところでもあり、「山は即ち水」という思念的な措辞を、「蟬時雨」なる季語を用いて、具体的な空間を想起させるべく、場面の転換を図ったのであろうか。それにしても、こういう遣い方を見ると、高柳重信の多行における造型的な世界に較べて、季語「蟬時雨」が何となく貧しく思えるのは何故だろうか。

秋山の大滝の面に照る日かな

『山川蝉夫句集』

俳壇の多くの人からは、高柳重信は前衛俳句の書き手のひとりであった、との見方が一般化しているが、重信はもちろん自らそういうことを標榜したことなど一度もないばかりか、むしろ、そう言われることに強い違和感を持っていた。そればかりか、重信はいわゆる伝統俳句の秀れた句についても深く理解していたのである。むしろ、前衛とか伝統といった二分化した見方を嫌い、俳句は俳句であるとして、秀れた作品をいつも求めていた。阿波野青畝や山口青邨、富安風生といった俳人の作品を挙げて、普段、その良さを我々に話してくれたこともあった。

多行の俳句ではなく、肩の力を抜いて書いた『山川蝉夫句集』にあるこの句は、どことなく骨太で、堂々たる風姿を漂わせていよう。句意は説明するまでもないだろうが、「秋山の大滝」のその落下する水面に、やや傾いた日差しが照らしているさまを描いている。俳句というもののある種の典型性を感じさせる句だが、重信は、こういう既存の形式美を熟知しつつ、しかし、そのことに甘んじることを自らに許さなかったのである。

重信はこのことに関わって、かつてこんな文章を書いている。

もし、危険な言い方を仮りに許してもらうならば、いわゆる俳句の中には、非常な傑作と、そうでないものとの二種類しかないようである。多くの作家たちが、時折、得意気にふれまわる、いわば中くらいの傑作などというものは、所詮、そうでないものの中に、すぐに埋没してしまうだけである。そして、文字どおり、俳句の名に値する作品とは、その、きわめて稀にしか書かれることのない、いわゆる非常なる傑作をおいてほかにはないのである。その他のものは、要するに、その作品の作者自身にとってのみ俳句であるが、せいぜい、その周囲の、ごくかぎられた連衆たちにとって、ほんの束の間、俳句であり得るにすぎないのである。

（「『破産』の積み上げ」、昭40・11「俳句研究」／『高柳重信読本』）

こういう俳句評価の認識に立つ重信であればこそ、『山川蟬夫句集』を〈安閑とした句集〉と言い切り、当初より多行表記という、これまでにない作品方法論へと一途に向かわしめたのであろう。

凩のあとはしづかな人枯らし

『山川蟬夫句集』

「凩」は、また、「木枯し」とも書くように、木を吹き枯らす意で、秋から初冬にかけて吹く、強く冷たい風のことである。その凩がひとしきり吹き荒れたそのあと、「しづかな人枯らし」の気配が忍び寄っているというのである。「人枯らし」は高柳重信の造語であるが、「枯れる」の語義には、「若さ、豊かさ、うるおいがなくなる」とか「精神・感情が枯渇する。力が衰える」などの意味も含まれる。つまり、「木枯し」に導き出された「人枯らし」という言葉は、紛れもなく重信の老いの意識に裏打ちされている。「しづかな」は「凩」が風鳴りや草木をなびかせ、いろいろなものを吹き飛ばしかねない動の世界なのに反して、「人枯らし」は音もせず姿もなく、歳月の推移によってある日ある時、不意に感覚されるものであろう。

季節は冬へ、人にはやがて晩年が訪れるという一句の世界は、当時の重信の率直なる感慨でもあった。その頃の重信は、まだ壮年期と言っていい年齢にあったが、若い頃からの長年の宿痾により、心身の衰えを自覚し、晩年意識が人よりも早く訪れていたと思われる。

乱世にして晴れわたる人の木よ

『山川蟬夫句集』

「乱世」とは、乱れた世、戦乱の世のことであるが、それはいわゆる戦国時代（応仁の乱以後、織田信長が天下統一に乗りだすまでの時代）にとどまらず、日本史を見るならば戦国時代のほかにも、武家社会の台頭以来、規模の大小はあれど乱世と言われる時期が幾つかあった。

それにしても「乱世にして」に対する「晴れわたる人の木よ」が、どういうことを指しているのであろうか。殊に「人の木」とは何か。単に人を木に譬えたものではないだろう。敢えてこじつければ、「乱世にして晴れわたる」とは、乱世であるがゆえに戦場も、あるいは兵馬に踏み荒らされた田畑も、略奪に遭い燃やされた集落も、全て晴れ渡った空の下に明らかだと言うのである。戦乱に巻き込まれて何もかも失い、呆然として立ち尽くす人間と、そういう中に残って立つ木とは、何と似通った存在であろうか、そんな風にも思えてくるのである。

「人の木」は、すでにある言葉ではなく、これも高柳重信の造語であろうから、こんなふうに読んでみても、あながち間違いとは言えないであろう。

石に彫り野に捨てておく顔ひとつ
『山川蟬夫句集』

一読してその内容は了解されるが、それにまして不思議な余韻をあとあと曳くだろう。それはこの句における「顔ひとつ」が、秀逸な効果を発揮していることによる。「石に彫り野に捨てておく」というフレーズを受ける下五に、「顔ひとつ」以外の、いかなる言葉を置いてみたところで、おそらくこの句のインパクトには及ばないに違いない。

はじめに断っておくと、これは決して本職の石工の仕業ではないだろう。まだ若い石工の見習いか、あるいは誰かが石工を真似て彫ったものと思われる。したがって、彫られた顔は荒彫りの歪な、粗野なものであろう。野に捨ておかれた石の顔は、天を仰いでいるのか、はたまた横を向いて草に埋もれかかっているのか。さまざまに物を思わせると同時に、石の顔が捨てられてある野の佇まいと、そこに流れるであろう歳月に曝され続ける、石の顔の孤独な様相が立ち上がる。「石に彫」られた顔がどんな表情をしているのか、その老若も男女の別も不明で、それはそれで構わないが、ただ、仏像関係を想起させる顔ではない方が望ましい。もし仏像に関連した顔であると仮定すると、一方で野にある地蔵などが連想され、句柄が日常的なレベルで小さくまとまってしまう。
この句の行為者の目的とか、「野に捨てておく」ということの意味するものをあれこれ探ることで、この句の理解に迫ろうとする人がいたとしたら、それはあまり意味がないことだと言いたい。作者はただただ野に捨ててある「顔ひとつ」を、読者に差し出しただけのことなのである。

六つで死んでいまも押入で泣く弟

『山川蟬夫句集』

この句は『罪囚植民地』における「灯を捧ぐ／／あはれ赦せと／雪降る闇に」の一句を取り上げた際に引用したことがある。この句の中の弟は高柳重信と二歳違いで、兄には従順な、おとなしい子供で、この句にもあるように僅か六歳で病死した。「押入で泣く弟」とは、昔、親の言うことを聞かなかったり、悪戯をしたりすると、親から懲らしめのために押入れや蔵に、しばらく閉じ込められるということがあったのである。私の子供時代（昭和二十年代）にもまだあった。ただ、この句に関しては、罰として押入れに入れられた弟の記憶に直結しているわけではない。死んだ弟の弱々しい泣き声が押入れから聞こえるというのは、押入れにまつわるそういった習慣を背景にして、死んだ者の声が聞こえるとすれば、凡そ闇が一般的であり、家屋の中の押入れも、また、闇を抱えている。そこに当時の子供の頃の記憶が絡んだと見るほうが妥当であろう。

友よ我は片腕すでに鬼となりぬ

『山川蟬夫句集』

『山川蟬夫句集』はこの句を以て掉尾を飾っている。掉尾を飾るに相応しい秀句でもあろう。「片腕すでに鬼となりぬ」の「鬼」は、本来、「隠《おに》」で、姿の見えない意である。「鬼」には悪神、邪鬼の意味もあるが、ここは仏教の影響で、美男美女に化け、音楽、双六、詩歌などに優れたものとして人間世界に現れる、という考えもあり、ここではそのように受け取ることにしたい。「友よ我は」という上句は、ごく親しい友人に向けて「片腕すでに鬼となりぬ」という秘密を伝えたと受け取れる。「片腕すでに鬼となりぬ」とは、別に片腕が赤鬼や青鬼のような無骨なものになったということではない。もっと精神的な変容を指している。これ以上、「片腕」が「鬼」となったとは、具体的にどういう状態を指すかは、問うても詮なきことである。つきつめれば、「鬼」とは人間の魂の問題にほかならない。

この句に寄せて、折笠美秋は次のような切実な一文を書いている。

そう、やるべき事は沢山ある。
その為に、動く手が欲しい。
歩けなくても、話せなくても、自分で食べられなくてもよい。片手だけでも、物を書くに足るだけの筋肉が欲しい——と言っては、妻を泣かせている。
　友よ我は片腕すでに鬼となりぬ　重信
願わくば、その片腕を貸し与え賜え。

（『君なら蝶に』・立風書房刊、昭和六十一年十二月）

この時、美秋は筋萎縮性側索硬化症という難病に罹り、全身不随、自発呼吸ゼロ、発声不能の状態にありながらも、唇の動きで言葉を伝え、夫人にそれを書きとめてもらいながらも、句を作り続けていたのである。掲句を思う時、美秋のこの切ないまでの思いを想起してしまうのである。

『山川蟬夫句集』の中から、取り上げられなかった句をここに抽く。

横顔がずらりと並ぶ春霞
三谷昭も帰雁も見えずなりにけり
門ひとつ残りつくづく春の暮
梅雨空の杉山ひとつ日表へ
この夢如何に青き唖蟬と日本海
藁塚が見えて目のふち痒きかな
水過ぎゆくここにかしこに我立つに
死なば烈女や生きて傘寿の媼たち
淋しい幽霊いくつも壁を抜けるなり
智慧もなく行く水もなき川の景
どんよりと容なき日を海の上
さびしさよ馬を見に来て馬を見る

先の『山川蟬夫句集』で、高柳重信の既刊句集については、その鑑賞は全て終了した。

次に挙げるのは『山川蟬夫句集』以後の一行書き作品である。対象となるのは昭和五十五年五月から没年の五十八年六月までの作品である。昭和五十五年―二六句、昭和五十六年―三八句、昭和五十七年―二四句、昭和五十八年―一八句の計一〇六句である。

染井吉野を祖父母ら見上げ言葉「春」
『山川蟬夫句集』以後

昭和五十六年の作。染井吉野は、エドヒガンザクラとオオシマザクラの交配で生まれた園芸品種で、クローンであるため、挿し木でしか増やせないと言う。また、江戸時代中期より末期にかけて確立した品種だとも言う。いまでは気象庁の開花宣言も染井吉野が基準となっているくらい、桜の代表的品種と言ってもいい。

いまも多くの人が花見に出掛けるように、祖父母の世代も近所の桜の名所などに出掛けて花見を楽しんだに違いない。春の訪れを桜の花で実感するのは、いまも昔も何ら変わらないが、時は流れ、祖父母はとうに亡く、自らも老境にさしかかっている。全てが変わり行く世の中で、年々咲く染井吉野の花も同一であるわけがない。その中にあって、祖父母らの時代も今日にあっても、桜が咲けば春だなと思い、言葉「春」だけは不変である。言葉「春」に、あの春、この春を超越する普遍性をしみじみと思っているのである。

富澤赤黄男の「蝶はまさに〈蝶〉であるが、〈その蝶〉ではない」という言葉に通うものがあろう。

いまは最後の恐竜として永き春

『山川蟬夫句集』以後

昭和五十七年の作。高柳重信は恐竜が好きで、恐竜に関するさまざまな本や図鑑を持っていた。恐竜は二億五千万年前の中生代の三畳紀に出現し、六千五百万年の白亜紀末までの、約一億八千万年以上の永い期間を生息した。その恐竜が滅亡したのは、メキシコ・ユカタン半島に墜ちた巨大隕石のためだと言われている。

隕石によって巻き上げられた大量のチリは太陽光を遮り、十年ほど続いた〈冬〉のため草木が枯れ、そのことによって草食恐竜が滅び、続いて肉食恐竜も滅んだ。その「最後の恐竜」とは、周りが死に絶えて、一頭だけ生き残ったわけではないだろう。それではあまりに不自然である。そうではなく、まもなく恐竜が滅びる、その前のことである。もとより自らの置かれている状況が恐竜にはわからない。ゆえに永い春を謳歌しているというのである。

われら皆むかし十九や秋の暮

『山川蟬夫句集』以後

昭和五十七年の作。青春の、とりわけ来年は成人となる、その前の心のゆらぎと陰影に富む時代を偲んでいる。それぞれが十九であった時代からかなり年齢を重ねた自らを含めての仲間の顔を見ながら、それぞれが十九であった頃を想像しているのかもしれない。座五の「秋の暮」は、そのようなはるかな茫洋とした過去を振り返る気分に仕えた措辞と言うことができよう。

実はこの句は、昭和五十七年の秋に宇治市の黄檗山萬福寺で行われた「俳句評論」の全国大会の折の嘱目の句会に出された句であった。かなり高点句となり、合評が終わって作者名披露となった時、名乗り出た高柳重信はちょっとはにかみながら、出席者全員を見渡しながら、僕にも皆さんにもそれぞれ十九歳の時があったんですよ。時には十九の純粋だった頃のことを思い出して、現在の自らの襟を正すのも悪くないでしょう、といったことを述べていたのを記憶している。

おーいおーい命惜しめといふ山彦

『山川蝉夫句集』以後

昭和五十八年の作。おそらく高柳重信が書いた最後の作品と思われる。この句は「俳句評論」の五月か六月の月例句会に出句された記憶がある。六月だとすれば、この句会が重信の出席した最後の句会であった。

この句は、山彦が単に山や谷などで声や音の反響する音という意味にとどまらず、山の神、山霊の意味もあることに留意したい。山彦を谺の意味で限定すれば、「おーいおーい命惜しめ」は作者あるいは友人などが呼びかけた声が戻ってきたことになり、そうではなくて山霊の声だとすれば幾らか先の読みの作為は薄れる。

いずれにしても、こういう句を書いた背景には、次のような感慨があったのである。

わたしも遂に老境を迎えてしまった実感のようなものが、おのずから濃厚になってくる。事実、ここ数年来、ちょっとした間違いが目立って多くなり、また、何をするにもすっかり手が鈍くなってきたように思われる。従来とくらべて仕事の量が増えているとも思えないのに、いつも時間に追われ通しのような気がするのは、たぶん、そのためであろう。（中略）余裕は、精神的にも肉体的にも、いま急速に失われてゆくような気がしてならない。

（「あとがき」・「俳句評論」昭和五十八年六月号）

この六月に「俳句評論」関東同人会の吟行で伊豆の修善寺に行き、帰途、三津シーパラダイスでイルカショーを見、遊覧船で沼津に出た。大体、いつも吟行の夜は重信を同人が囲んで、遅くまで語り、歌うのだが、この時は九時過ぎに重信は休んでしまい、地方の同人はそれを楽しみにしていたのに、アテが外れてしまったのだった。重信の死因は肝硬変であったが、この頃は出掛けること自体が無理だったものを強行したことが窺える。それから旬日を経た頃に重信は急逝した。

「『山川蟬夫句集』以後」の作品から、あと少し引用しておきたい。

現はれて紫紺の富士と雪の襞　　　昭和五十五年

蟬のあと蟬の穴にて泣く声あり　〃

二十年むかしや障子を洗ふ秋　〃

三谷昭は未生と思ひ待つ春よ　〃

息の緒よ未明は物の響きせり　昭和五十六年

海を思へば地上を知らず行く水あり　〃

我すでに跡形もなき秋の暮　〃

神風の伊勢にて富士を幻視せり　〃

身を投ぐる井戸など滅び牡丹雪　昭和五十七年

昔なりけり海の極みの大瀑布　〃

京といひ都と呼びて雪降る彼方　昭和五十八年

春寒よ曇れば白き日の容《かたち》　〃

あとがき

高柳重信の生涯の全作品より一〇〇句を選んで、一句一句と向かい合って鑑賞を試みる作業は、恣意的に重信の作品を読んでいた時とは異なり、新たな発見があり、改めて気づかされることも少なくはなかった。この一〇〇句鑑賞という機会がなければ、重信の作品との新たな邂逅は訪れなかったに違いない。その点でも実に貴重な経験であった。

思えば、昭和四十六年の秋、私が二十七歳の時に四十八歳の重信と出逢い、六十歳で亡くなるまでの十三年間を、幸いにも重信の側にいることができた。いわば、重信にとっては遅れて来た弟子のひとりに過ぎない。そもそも重信と出逢うことができたのは、惜しくも難病により若くして亡くなられた兄的存在の折笠美秋の配慮があった。この恩は、生涯忘れられない。その十三年間は、休日を除くほとんど毎日を重信の側で仕事をしていたお陰で、当然のことながら重信から様々な影響を受けた。仕事が終わった後など個人的にいろいろな話を聞くこともできたし、三橋敏雄や加藤郁乎などが訪ねて来た折は、お酒のご相伴に与ることもあり、その会話を聞くことも勉強になった。私の俳句人生において忘れられないことばかりである。

高柳重信は、もとより多行表記の俳句を生涯かけて追い求めた人であった。その多行表記に対して、いまも世の関心は薄い。なぜ、多行か、多行とはいかなる方法かについて、非力を顧みず、そこに重点をおいて書いたつもりである。文中に幾度も引用させてもらった林桂をはじめとして、今も多行の作品を熱心に書き続けている人達がいる。拙著を機会に、今一度、高柳重信と多行表記を考える手掛かりにして戴ければ、これに勝る喜びはない。

実は、高柳重信の一〇〇句鑑賞を、まさか私がすることになるとは夢にも思っていなかった。この話を聞いたとき、私よりもこの執筆に相応しい人がいるだろうと考えた。しかし、私は私なりに重信の句に取り組んでみようと思いを改めた。従って、重信の作品に関して私とは異なる考えや、別の〈読み〉もあることをお断りしておきたい。それと、私の誤読や勘違い等にお気づきの方は、ぜひともご教示戴ければありがたい。

なお、この度は、高橋龍、高柳蕗子のお二人には、いろいろと御教示戴いた。記してお礼を申し上げる。また、仲間である横山康夫も、校正を手伝ってくれたほか、助言も受けた。感謝したい。

平成二十七年　六月吉日

澤　好摩

澤 好摩（さわ・こうま）

1944年、東京都生まれ。本名、澤孝。1968年に坪内稔典、攝津幸彦らと同人誌「日時計」創刊。1974年に「日時計」終刊後、「天敵」を創刊。1971年、「俳句評論」同人に参加。高柳重信に師事。高柳重信編集の総合誌「俳句研究」の編集事務に携わる。1978年、「天敵」を解消して、夏石番矢、林桂らと「俳句研究」五〇句競作で登場した若手俳人による同人誌「未定」を創刊。1985年、「俳句研究」転売の後、翌年に総合誌「俳句空間」を立ち上げるも、六号より弘栄堂に移行。1990年に「未定」を退会し、翌年「円錐」を創刊。発行人として現在に至る。句集として『最後の走者』『印象』『風影』『澤好摩句集』『光源』。句集『光源』は2013年度芸術選奨文部科学大臣賞を受賞。

高柳重信《たかやなぎじゅうしん》の一〇〇句を読む

2015年12月10日　第1刷発行

著　者　澤　好摩

発行者　飯塚行男

編　集　星野慶子スタジオ

印刷・製本　キャップス

株式会社 飯塚書店

〒112-0002 東京都文京区小石川5-16-4

TEL03-3815-3805 FAX03-3815-3810

郵便振替00130-6-13014

http://izbooks.co.jp

ISBN978-4-7522-2076-3